从心所欲不逾矩

许渊冲

2021年4月（100岁）

许渊冲汉译经典全集

莎士比亚

Romeo and Juliet

罗密欧与朱丽叶

许渊冲 译

图书在版编目(CIP)数据

罗密欧与朱丽叶/(英)威廉·莎士比亚著;许渊冲译.—北京:商务印书馆,2021(2021.7重印)
(许渊冲汉译经典全集)
ISBN 978-7-100-19403-7

Ⅰ.①罗… Ⅱ.①威…②许… Ⅲ.①悲剧—剧本—英国—中世纪 Ⅳ.① I561.33

中国版本图书馆 CIP 数据核字(2021)第 022290 号

权利保留,侵权必究。

许渊冲汉译经典全集
罗密欧与朱丽叶
〔英〕威廉·莎士比亚 著
许渊冲 译

商 务 印 书 馆 出 版
(北京王府井大街36号 邮政编码100710)
商 务 印 书 馆 发 行
南京爱德印刷有限公司印刷
ISBN 978 - 7 - 100 - 19403 - 7

2021 年 3 月第 1 版	开本 765×965 1/32
2021 年 7 月第 2 次印刷	印张 5 ¹⁄₈

定价:76.00 元

目 录

序曲……………………………………………1
第一幕…………………………………………2
第二幕…………………………………………40
第三幕…………………………………………78
第四幕…………………………………………119
第五幕…………………………………………142

剧中人物

报幕人

罗密欧

蒙太古　罗密欧之父

蒙太古夫人　罗密欧之母

班沃略　蒙太古外甥

亚拉罕　蒙太古侍仆

巴沙扎　罗密欧侍仆

朱丽叶

卡普勒　朱丽叶之父

卡普勒夫人　朱丽叶之母

奶妈　朱丽叶奶妈

泰波　卡普勒外甥

卡普勒族人

贝鲁肖

彼得　卡普勒之仆

森普逊　同上

葛戈里　同上

乐师

侍仆

王爷　维罗纳的艾卡勒

莫丘肖　艾卡勒亲属

巴里斯　同上

巴里斯侍仆

洛伦斯神甫

约翰神甫

卖药人

官员

市民

巡长

序 曲

(报幕人上。)

报幕人　维罗纳有两个高贵世家,
　　　　故事就发生在那个地方。
　　　　他们两家旧恨新仇交加,
　　　　文雅的双手被污血染脏。
　　　　这两个仇家生下了一对
　　　　生不同衾死同穴的情人。
　　　　他们的死亡使父母后悔,
　　　　埋葬了两家的深仇大恨。
　　　　这一场生死恋令人心惊,
　　　　却能使两代的仇恨告终。
　　　　只有死亡能使人动真情,
　　　　也能使两家的世仇消融。
　　　　如果你们愿耐心看下去,
　　　　台上会弥补台下的乐趣。

第 一 幕

第 一 场

维罗纳一广场

（卡普勒家仆人森普逊及葛戈里持剑盾上。）

森普逊　葛戈里，听我说，我们不是好欺负的苦力。

葛戈里　当然不是，谁说我们是倒霉的煤球？

森普逊　我是说，谁惹我们生气，我们就干。

葛戈里　只要你活一天，就要伸着脖子干着急。

森普逊　我一着急，就会动手。

葛戈里　但是你不着急，也就不动手了。

森普逊　我一见蒙太古家狗娘养的就发急。

葛戈里　你一急就动手，真正勇敢的人是不动的，你一动不是动手，而是动脚溜了。

森普逊　蒙太古家的狗男女使我发急，我就要把他们压到墙边上去。

葛戈里　这说明你是个胆小鬼,只有胆小鬼才会去靠墙。

森普逊　说得不错,所以男女干起来,男的总是脸朝墙,女的却是背靠墙。所以,我要把蒙太古家男人都赶到墙外,女人都压到墙上。

葛戈里　干起来只是男人的事,不分上下。

森普逊　男女都一样,全会知道我的厉害:对付男人,我会大打出手;对付女人,我要客气一点,只攻打她们的宫门。

葛戈里　女人的宫门?

森普逊　对,女人的宫门,或者说她们子宫的拱门,随你怎么想都行。

葛戈里　那要看女人的感觉如何了。

森普逊　我要她们看到我笔挺挺、硬邦邦的肉槌头。

葛戈里　还好你不像一条鱼,如果你的肉槌头软绵绵的,硬不起来,那就成了中看不中用的太监了。拔出你的家伙来。蒙太古的人来了。

（蒙太古家仆人亚拉军和巴沙扎上。）

森普逊　我的宝剑拔出来了。吵起来吧!我在你后面帮腔。

葛戈里　怎么？你要在后面溜了？

森普逊　不必担心。

葛戈里　不行，我不放心。

森普逊　那我们先占个理吧。让他们先动手。

葛戈里　那我走过去对他们皱眉头，看他们怎么样？（皱眉。）

森普逊　不，要是他们不在乎，我就去对他们咬大拇指，不把他们放在眼里，看他们受得了吗？（咬大拇指。）

亚拉罕　你是对我们咬大拇指吗，老兄？

森普逊　（对葛戈里）如果我说是，那合乎规矩吗？

葛戈里　不合。

森普逊　不，老兄，我不是对你咬大拇指，老兄。不过，我是咬我的大拇指，老兄。

葛戈里　你是要找碴儿吗，老兄？

亚拉罕　找碴儿吗，老兄？不是，老兄。

森普逊　如果你要找碴儿，老兄，我可以奉陪。对付你这样的人不在话下。

亚拉罕　不在话下？

森普逊　那就来吧,老兄。

（班沃略上。）

葛戈里　你敢不改口？——（旁白）我们家有人来了。

森普逊　赶快改口！

亚拉罕　你胡说！

森普逊　拔出剑来吧,如果你是个男子汉。葛戈里,不要忘了你泼辣的一手。

（二人交锋。）

班沃略　（拔出剑来分开二人。）住手,傻瓜,收起你们的剑来。你们不知道在干什么。

（泰波上。）

泰　波　怎么,班沃略,你居然不惜贬低身份,和这些不三不四的下人打起来了？转过身来,班沃略,要死就来找我。（拔出剑来。）

班沃略　我不过是叫他们不要闹事罢了。收起你的剑来。要不,就同我一起分开他们吧。

泰　波　什么,拔出剑来做和事佬？我讨厌你这样口是心非,就像我恨地狱一样,我恨蒙太古家的人,我也恨你。吃我一剑,胆小鬼！

（三四个市民执棍棒上。）

官　员　拿起你们的长棍短棒,弟兄们,打吧!打倒他们!打倒卡普勒家!打倒蒙太古家!

（老卡普勒穿长袍及夫人上。）

卡普勒　这是为什么事打闹?拿我的长剑来,嗬!

卡普勒夫人　拿拐杖来,拿拐杖来!你要长剑干什么?

卡普勒　我说我要的是剑!老蒙太古也来了。他居然敢在我面前卖弄刀片子了!

（老蒙太古及夫人上。）

蒙太古　卡普勒你这个坏蛋!——不要拉住我,快放手!

蒙太古夫人　不许你进一步去找你的对头。

（艾卡勒王爷及随从上。）

王　爷　不听话的百姓,扰乱治安的祸首,你们的刀剑沾染了邻人的鲜血——你们没听见吗?怎么,嗬!你们还是人吗?连禽兽都不如。居然用你们血管里流出来的紫红色鲜血,浇灌你们愤怒的火焰!把你们无法无天的武器从你们鲜血淋漓的手中放到地上,否则,就要受到严格的惩罚。静听你们的王爷在震怒之下做出的判决:你老卡普勒,还有你蒙太古，听了毫无根据的流言蜚语，已经三次扰乱了市面的安宁，使维罗纳年高德劭的公民脱下了和平的衣饰，挥舞起陈旧老朽的武器，来解决你们成年累月的旧恨新仇。如果你们再敢扰乱治安，那就要你们用性命来补偿公国的损失。现在，闲杂人员一律退下！卡普勒，你随我来；蒙太古，你下午来，到自由城审判庭来听候我的判决。其他不愿犯法的人，一律散开！

（众下。蒙太古夫妇及班沃略留舞台上。）

蒙太古　过去的仇恨怎么又惹起了新的争端？说吧，外甥，你看见他们怎么闹起来的吗？

班沃略　我还没到这里，你家的下人就和仇家的打起来了。我拔出剑来分开他们，这时来了脾气暴躁的泰波，他的宝剑拿在手上，说些不堪入耳的挑衅话，上下左右挥舞他的武器，耀武扬威，只听见风声飕飕，还好没有伤人。我们正这样你来我往，互相冲打，又来了更多的人，有的帮这边，有的帮那边，一直等到王爷来了，两边才赶快分开。

蒙太古夫人　啊，罗密欧来了没有？你今天见到过他吗？幸亏他没出事。

班沃略　舅母，太阳吐出金光前一个小时，我心烦意乱，在外面走走，在城西的枫树林中看到罗密欧表弟了。我走过去，他可能看到了我，却溜到树林中去了；我将心比心，他不想见人，我又何必自讨没趣？何况我也不想别人打扰我，就各走各的路，我顺着我的心，他随着他的意，他高兴躲开了我，我又何必去打扰他呢！

蒙太古　好几个早晨都看见他在那个老地方，他的眼泪增加了清晨的露珠，他深深的叹息迫使迷蒙的云雾显得更加迷蒙。但是等到欢天喜地的太阳在遥远的东方拉开了黎明女神的云帐，我心情忧郁的儿子也溜出了普照大地的晨光，把自己关闭在寂静的房间里，关上窗子，把日光锁在门外，为自己制造了一个人工的黑夜，表明他的心情忧郁不安，除非有什么金玉良言使他的心怀放宽。

班沃略　好舅舅，你知道他为什么这样吗？

蒙太古　我既不知道什么缘故,也猜不透他的心事。

班沃略　你有没有设法要他吐露他的真情?

蒙太古　我自己也罢,亲朋好友也罢,都没有用,只有他自己一个人知道他的真心实意。——这不用我多说——他自己严守秘密,远非旁人所能猜透,就像嗜蜜如命的幼虫不让蓓蕾含苞欲放,要独享鲜花的美味似的,假如能够知道他忧郁的来龙去脉,我们一定会千方百计医好他的心病。(罗密欧上。)

班沃略　瞧,他来了。请你们走开一下,我一个人好打听他的心事,要是他对一个人也不肯说,那就只好罢了。

蒙太古　但愿你留下来能听到他的真心话!——走吧,好夫人,让我们走开一下。(蒙太古夫妇下。)

班沃略　早呀,表弟。

罗密欧　时间还早吗?

班沃略　钟刚敲了九下。

罗密欧　唉,难过的时间怎么总觉得太长!刚刚匆匆走开的是不是我的父亲?

班沃略　是的。有什么难过的事情使你觉得时间太长吗?

罗密欧　有的,就是缺少了使时间缩短的东西。

班沃略　你在恋爱了?

罗密欧　不——

班沃略　要不就是失恋了?

罗密欧　我是在恋爱,但是得不到她的青睐——

班沃略　唉!这种爱情看来温柔可亲,实际上却粗暴无情。

罗密欧　这种爱情看起来朦朦胧胧,虽然没有眼睛,却能随心所欲发现道路!我们到哪里去午餐?啊,天哪,这里又闹过事了:你用不着告诉我,我已经猜到了。这里有多少仇恨,但更多的还是爱情。那么,为什么要爱得翻天覆地,又恨得难解难分呢?爱情会无中生有,又会化有为无,你说它情重如山,它又轻如鸿毛,你说它是浮华虚荣,它却是死心塌地,看起来一片混乱,却又是光明磊落,感情的翅膀比铁还硬,朦胧的云雾却能放出大片光明,火热的心忽然凝结成冰,正常的健康在情人眼里成了疾病，分不清是睡是醒，爱情中更没有是非分明。这就是我感到的爱情，在爱情中感受不到爱的滋味。你不要笑我！

班沃略　不，老表，我倒要哭了。

罗密欧　你的心太好了，为什么要哭？

班沃略　你的好心挤出了我的眼泪。

罗密欧　怎么，那就是感情越权了。我自己的痛苦沉重地压在心上，你又用你的痛苦来加重压迫，再把我的痛苦扩散，那不是使痛苦变得更加厉害吗？爱情是叹息溶成的轻烟，在空中洗练之后，化为情人眼中灿烂的火星，如果碰到烦恼的阻碍，又会变成泪水的海洋。还能是什么呢？不过是清醒的疯狂、淹没耳目的苦水，但却是永不消失的甜蜜。再见吧，老表。

班沃略　且慢，我要和你一起走，要是你撇下了我，那可是对不起人了。

罗密欧　等等，我都不知道自己是谁。人在哪里？我是罗密欧吗？他不是心在身外吗？

班沃略　不要难过，告诉我你爱的是谁。

罗密欧　怎么，难道痛苦也是说得出的？

班沃略　痛苦说不出，但是漏出一点就少一点了。

罗密欧　你要一个面临死亡的病人写遗嘱？这不是要加重他的病情吗？表哥，伤心人能说的话，就是我真的爱上了一个女子。

班沃略　和我猜想的也差不多，你爱上的不会是个男人。

罗密欧　你还猜得真准，我爱上的是个美人。

班沃略　美丽的目标是更容易击中的靶子。

罗密欧　你这一下可猜错了，她是不会被击中的。爱神盲目的利箭怎能穿透狩猎女神滴水不漏的盔甲？她的贞洁受到铜墙铁壁的保卫，爱神软弱无力的弓弦射不出令人神魂颠倒的魔弹，她会击退甜言蜜语的进攻，眉目传情也越不过她森严的壁垒，即使雨水化为黄金，对她也是无能为力。啊，美是她丰富的宝藏，只有她离开了人世，她的无穷魅力才会消失。

班沃略　这样说来，她要终生守身如玉了。

罗密欧　她舍不得失去自己的美丽，却造成了更大的浪费，因为美丽得不到欣赏，只受到苛刻的对待，反而会感到饥饿，反而会白行枯萎的。她是太美了，又太聪明，但是聪明反被聪明误，太爱美丽而舍不得与人分享，结果误了别人也误了自己。她发誓不要爱情，却使我虽生犹死，活着只是为诉苦了。

班沃略　听我的话：忘了她，不要再想她吧。

罗密欧　那你还不如叫我不会思想呢。

班沃略　你要睁大眼睛看看，世上的美人多着呢。

罗密欧　那我更会发现她是无与伦比的。妩媚的眉毛会使人想到下面美丽的眼睛，瞎子也不会忘记眼瞎前见过的美人。但是你说的美人比起她来，就像眉毛和眼睛不可同日而语一样。

班沃略　我会证明我没说错，我说话是不欠债的。（同下。）

第 一 幕

第二场

同前

(卡普勒、巴里斯伯爵及侍仆上。)

卡普勒　再出了事,蒙太古和我一样都要挨罚的。在我看来,像我们这样上了年纪的人,不出乱子,应该不算什么难事。

巴里斯　你们两家都是名门望族,可惜积怨太深了。不过,我要问的是另外一件事:我向令爱求婚,不知您的意见如何?

卡普勒　说来是句老话:她还是个不懂事的孩子,今年没有满十四岁,不如等她过了两个开花的夏天再说吧。

巴里斯　比她更年轻的也快快活活地当上母亲了。

卡普勒　花开得早也就谢得早。我生下的女儿别的都离开了人世,就只剩下她一个了。她是我在世上唯一的希望。不过,我亲爱的巴里斯,你还是去向她求爱,去赢得她的欢心吧,我的意见只能供她决定时作参考:只要她答应了,在她选择的范围内,我是既不反对,也没有异议的。按照惯例,今天晚上我要在家里宴请我敬爱的亲朋好友。你当然是必不可少的一位。非常欢迎你来,你若不来增光添彩,我的宴会就要黯然失色了。今晚的盛会有如天上的星斗光临人间,会使蓬荜生辉的。你可以看到鲜花盛开的四月紧追即将消逝的残冬而来,你可以饱餐青春的秀色,倾听悦耳的莺声燕语,选上一位最令人拜倒裙下的美人,我的女儿不一定是最令人倾心的佳丽啊。来,请同我走吧。——(拿出请帖交给侍仆。)伙计,你去按照请帖上的名字,走遍维罗纳全城,邀请名单上的贵宾赴宴,欢迎他们光临。

(卡普勒与巴里斯下。)

侍　仆　按照请帖上的姓名去请客人。这请帖上写的是什么名字呢？是不是用针线的鞋匠、用钉锤的裁缝、用笔墨的渔夫、用渔网的画师？要我按请帖上的名字去请客人，那些名字认识我吗？我可不认得这些字呀——我得去找个识字的人——来得正巧！

（班沃略与罗密欧上。）

班沃略　喂，老弟，对新人的热情可以减轻对旧人的爱恋，先前的痛苦总会被后来的减轻；如果头晕眼花，为什么不向后转一转？即使你伤心绝望，别人的悲痛也可以为你分忧。如果你的眼睛中了毒，为什么不以毒攻毒呢？

罗密欧　你的药方只能医治小毛病。

班沃略　什么小毛病呀？你说说看。

罗密欧　皮肤伤痛。

班沃略　怎么，罗密欧，你是疯了，还是傻了？

罗密欧　我没有疯，但是关在疯子的牢房里，受到鞭打折磨。——（对侍仆）你好，伙计。

侍　仆　老天保佑，请问先生，你认识字吗？

罗密欧　唉，我能在苦难中认出好运气来。

侍　仆　那没有书也认得出来了。不过,我要请问的是:你随便看到什么字都认得吗?

罗密欧　只要是我认得的字,是我懂得的话。

侍　仆　你说的倒是老实话,但是恐怕帮不了我的忙。还是玩你的去吧。

罗密欧　等一等,好家伙,我认得字。

（读请帖。)"马丁诺爵士夫妇及子女,安塞美伯爵兄妹,吴杜越夫人,普拉森叔叔及侄女,莫丘肖及华伦丁兄弟,卡普勒叔婶及堂弟妹,美丽的侄女罗瑟琳、利薇亚,华伦肖爵士及表弟泰波,吕西奥及天真活泼的海伦娜。"真是一张出色的名单。去哪里参加宴会呀?

侍　仆　去上边。

罗密欧　哪一边?是晚宴吗?

侍　仆　在我们公馆里。

罗密欧　谁的公馆?

侍　仆　我家主人的。

罗密欧　的确,我应该先问你主人是谁。

侍　仆　其实,你不问我也可以告诉你,我家主人就是大名鼎鼎的富翁卡普勒。只要你不是蒙太古家的人，我就请你去碰碎酒杯吧。祝你过得快活。（下。）

班沃略　你如此热恋的罗瑟琳也同维罗纳全城的名媛一起去参加这个古老的卡普勒家族的盛宴，你为什么不去呢？只要你不用有偏见的眼睛去把你的美人和别的美人比一比，你就会发现你的天鹅不过是一只乌鸦罢了。

罗密欧　假如我像相信宗教一样虔诚的眼睛会错误地相信你这样说出来的虚言假语，那就让眼泪变成火焰，让那些在水里淹不死的、彻头彻尾支持异端邪说的人经受熊熊烈火的考验吧。一个比我的情人还更好看的美人？无所不见的太阳自开天辟地之日算起，也没有见过一个比得上她的美人啊。

班沃略　不要说了，你看见她美，因为她身边没有人可以和她比较，所以你左眼看她美，右眼也看她好。但是，如果你有一架透明的天平可以把你爱的美人和宴会上其他光艳照人的佳丽比较一下，你就会发现她不会像现在这样高不可攀、无人可比了。

罗密欧　我要走了,你说的美人永远也不会出现,我只要和我光辉灿烂的情人见上一面。

（同下。）

第 一 幕

第三场

维罗纳卡普勒家中

（卡普勒夫人及奶妈上。）

卡普勒夫人　奶妈，我女儿呢？叫她过来。

奶　妈　我十几岁就喂奶，叫过她多少回了。怎么啦，小羔羊！怎么啦，我的小鸟儿！老天保佑，她到哪里去了？喂，朱丽叶！

（朱丽叶上。）

朱丽叶　什么事？谁叫我？

奶　妈　你妈妈。

朱丽叶　妈，我在这里，有什么事吗？

卡普勒夫人　就是这么回事。——奶妈，你出去一下，我和她有私话要说。——奶妈，你回来吧，我想起来了，这话你听听也好。你知道，我女儿的年纪也到了。

奶　　妈　的确，我说得出她多大年纪，一个钟头也不会少说。

卡普勒夫人　她还不到十四岁。

奶　　妈　我敢拿十四颗牙齿担保——可惜，我的牙齿已经掉了十个，只剩下四个了，——她还不到十四岁，今天离七月底还有几天？

卡普勒夫人　两个礼拜多一点。

奶　　妈　多一点少一点都没有关系，到了八月初一收获节夜晚，她就满十四岁了。她和苏珊——上帝保佑她的灵魂——都是那天生的。但是，我留不住苏珊这个好孩子，她已经和上帝在一起了。不过，我说过，到了八月第一个夜晚，她就要满十四岁了。天哪，我记得很清楚。从地震到现在已经过了十一年，而她就是地震那一年断的奶。——我怎么也不能忘记，那一天我靠墙坐在鸽子窝下面晒太阳，把苦艾汁涂在奶头上。那时老爷和你还在曼杜亚呢——我的脑子不是记得很清楚

  吗？——不过，我说过了，她一尝到我奶头上艾汁的苦味，这个小傻瓜就发脾气不吃奶。那时鸽子窝就震动了，这是不消说的，我知道，不用叫我离开。从那时到现在已经十一年了，那时她已经可以一个人站起来，不，我凭十字架起誓，她已经可以摇摇摆摆地走，甚至满地跑了。头一天她还摔破了头，惹得我的男人——上帝保佑他的灵魂安息吧！他倒是个快活人——抱起这孩子就说："你怎么朝前倒了？下一次要学聪明点，往后倒，好不好？"朱丽这小鬼居然不哭，还说"好"呢。现在想起来真好笑，即使活到一千岁也忘不了："等你长大了，就要仰面躺着①……"她听了居然不哭，还说"好"呢。

卡普勒夫人 说够了吧？我求求你，不要唠叨了。
奶 妈 好，夫人，不过我总忍不住要笑，一想到她居然不哭了，还说"好"呢。但是我敢保

---

① 译注：指仰面躺着等男人来寻欢作乐。

险说，她头上碰出了一个包，简直有小鸡的卵子那么大，真好险呀，她也哭得厉害。是的，我那臭男人却说："仰面躺下吧！等你长大了就会仰面躺下等人来的。是不是，朱丽？"她居然不哭，还说"好"呢。

朱丽叶　不要唠叨了，我也求求你，奶妈，好吗？

奶　妈　好了，我说完了，但愿老天特别照顾你！你是吃我的奶长得最好看的小宝贝了。要是我能活着看到你嫁出去，也就了却了我一场心事。

卡普勒夫人　嫁出去，这正是我要讲的话题。朱丽叶，我的好女儿，告诉我，你对结婚有什么看法吗？

朱丽叶　那是做梦也想不到的好事。

奶　妈　好事？若你不是只有我一个奶妈，我真要说：你是从我的奶头上吸取了聪明的。

卡普勒夫人　好，话说到正题了，那就谈婚事吧。维罗纳有多少好人家的女儿还不到你这个年纪，就当上妈妈了。我算了一下，在你现在这个年龄，我就已经生下你了。所以，简单一句话告诉你：巴里斯来向你求婚了。

奶　妈　那真是一个好男人，我的好小姐。夫人，那全世界也难找到，——怎么，他是蜡像陈列馆里的展品吧？

卡普勒夫人　维罗纳夏天的花园里也找不出这样美的花。

奶　妈　他就是一朵花，的确，一朵好看的花。

卡普勒夫人　你怎么说？你会喜欢他吗？今夜的宴会上你就会见到他：你要像读书一样看他的脸，你会喜欢美神在他脸上画下的笑容。仔细看每一根线条，搭配得多么令人满意，像一本装潢精美、内容丰富的好书，眼角上流露出无限好意。这是一本充满爱情的宝书，里面充满了热情。把书中的主角美化了，但是书还缺少一个封面，鱼还藏在大海深处，美丽的外表掩盖着美丽的内心，那就更加难能可贵了。这本书在很多人眼里看来是金玉其外，又是金玉其中。如果你和他成对成双，那不但是毫无损失，还给自己增光添彩，真是两全其美了。

奶　妈　毫无损失？不，得到的要多得多了。女人有了男人就长大了。

卡普勒夫人　简单说，你会喜欢巴里斯吗？

朱丽叶　我要看一看会不会喜欢他，如果看了就喜欢，我的眼睛也不会飞得比妈妈的同意更快的。

（一侍仆上。）

侍　仆　夫人，客人都到了，晚餐也准备好了，就等您呢。小姐有人求见，厨房里都在怨奶妈。什么都做到头了。我还要去侍候客人，请你们跟我去吧。（下。）

卡普勒夫人　我们就来了。朱丽叶，伯爵在等你呢。

奶　妈　去吧，宝贝，快活不管白天还是夜里。

（齐下。）

第一幕

第四场

卡普勒府外

（罗密欧、莫丘肖、班沃略及五六假面人执火炬上。）

罗密欧　怎么，我们就用这种借口去参加舞会，或者什么也不说就进去？

班沃略　说客套话的时代已经过去了。我们用不着像爱神那样蒙住眼睛，背着弓箭，像稻草人一样去吓唬小姐们。随她们的便，愿意怎样就怎样看我们吧，我们只是去和她们跳跳舞，就回去了。

罗密欧　给我一个火把，我不喜欢这样随便跳舞。我的心情沉重，还是拿起轻轻的火把好些。

莫丘肖　不行，好个罗密欧，我们一定要你去跳舞。

罗密欧　那可不成，相信我吧。你们有灵活的双腿和轻巧的舞鞋，我却只有一颗铁一般沉重的心把我压得贴着地面，怎么能跳舞呢？

莫丘肖　你是一个情人，可以借爱神的翅膀，轻巧地飞越限制常人的禁区。

罗密欧　爱神的箭使我受了重伤，他轻巧的翅膀也不能使我飞翔，不能使我跳出沉重的烦恼。在爱情的重压下，我下沉得越来越深了。

莫丘肖　沉浸在爱情中会加重她的负担，她是多么温柔体贴。

罗密欧　爱情是温柔的吗？我看她很粗暴，野蛮，打打闹闹，刺起人来像是荆棘艾蒿。

莫丘肖　如果爱情对你撒野，你对她就不必客气；要是她敢顶撞，你就硬干到底，她就会服软了。给我一个假面具，我要遮掩真相。一个假的丑脸掩盖了一张真正的丑脸！让那些挑三拣四的眼睛去鸡蛋里挑骨头吧，我可有假面具上乱草般的眉毛打掩护呢。

班沃略　来，进去吧。一进了门，每个人可都得迈开

　　　　　大腿跳舞啊。

罗密欧　还是给我一个火把吧；让心情轻松的人用轻快的脚步去挑剔没有感觉的地板。我还是相信一句老话：旁观者清。我情愿借着火光在旁边看；好戏总是在后头，演得再好，戏也完了。

莫丘肖　要沉着，但是不要沉到泥坑里去了。如果你要沉下去，我们就要把你从坑里拉上来。要不然——对不起——如果你坚持要淹死在爱河里，算了，我们也就不必在大白天点灯了。

罗密欧　不，现在可不是大白天呀。

莫丘肖　老兄，我的意思是不要浪费时光。我的话要用理智往好方面去想，如果只用五官去感觉，那就要浪费五倍的时间了。

罗密欧　照理说来，去假面舞会没有什么不好，但是我总感到不想去。

莫丘肖　为什么呢，可以问问吗？

罗密欧　我昨夜做了一个梦。

班沃略　我也做了一个。

罗密欧　那你梦见什么啦？

莫丘肖　做梦的人总是躺着说谎。

罗密欧　在床上睡着了，倒会梦见真有的事呢。

莫丘肖　啊，我可梦见马王后了，她是仙女的接生婆，坐着一辆有一小队蚂蚁拉的小马车，车子看起来只有做官人戒指上的宝石那么大，在做梦人的鼻梁上跑来跑去，车辐是蜘蛛的长腿，车棚是螳螂的翅膀，缰绳是蛛网上的细丝，套圈是如水的月光，马鞭是蟋蟀的软骨。车夫是灰色的小蚊子，还不如懒丫头指甲缝里挖出来的虫卵大。马车是一个榛子的空壳，是善于钻孔打洞的小松鼠吃空了的。不知道从什么时候起，他们就这样为仙女造马车了。就是这样，马王后夜夜在情人的脑海里奔波，他们就做着爱情的美梦；趴在做官人的膝盖上，他们会鞠躬如也；摸摸律师的手指头，他们会想打官司、收讼费；飞过女人的嘴唇，她们会梦见接吻，但是吐出来的气味过于甜蜜，马王后一闻就生气，使她们嘴上长出气泡来；有时她在一个贪官的鼻子上跑来跑去，他就会梦见打官司、收贿赂；有时她用一根猪尾巴在一个神甫打鼾的鼻子上抓痒，他就会梦见有人向教会捐献；有时她驾车绕着一个大兵的颈脖，他就会梦见砍断外国人的喉咙，或者用炮火攻出缺口，或者陷入埋伏，四面是西班牙的刀剑，或者用五丈深的酒杯向他致敬；简单说来，就是耳边听到鼓声，把他吓了一跳，从梦中惊醒，赌咒发誓似的念了一两句祷词，又埋下头去酣然大睡了。就是这个马王后在夜里把马鬃编成辫子，把女妖的卷发烤干，烘成一片，又再散开，到处传布厄运。就是这个魔鬼在少女仰面睡熟的时候压在她们身上，教她们如何生儿育女，使女人都成了公共马车。就是她——

罗密欧　不要说了，不要说了，莫丘肖，你说了半天，等于什么也没有说。

莫丘肖　说得不错，我说的就是梦。是我们头脑胡思乱想、无中生有的产物，就像空气一样空空洞洞、一无所有，却又比风还更变化多端，刚刚还在和冷若冰霜的北方美人谈情说爱，忽然脸色一变，拔腿就走，转身来和南国佳丽露滴牡丹开了。

班沃略　你们说的这阵风不知道把我们吹到哪里去了。晚宴都要收场，我们再不进去就太晚了。

罗密欧　我怕是太早了。我心里总觉得不自在，高挂天上的星河似乎预示着可怕的后果，今夜的狂欢会不会带来灾祸，我微不足道的生命会不会告一段落？让上帝张开他的地网天罗！让我们得过且过。

班沃略　打鼓吧。

第 一 幕

第五场

卡普勒府大厅

（乐师绕过舞台,众仆拿餐巾上。）

主侍仆　波斑呢?他怎么不来帮忙?不拿一个盘子?不擦一个碟子?

侍仆甲　什么事都落在一两个人手里,那怎么行?他们自己手还没洗干净呢。

主侍仆　把折叠椅子搬开,把碗柜搬走,小心不要打了碟子。好家伙,好点心不要偷吃光了。要是你还听我的话,那就叫看门的放苏珊和妮儿进来。——安东呢?波斑呢?

侍仆乙　来了,伙计,干吗?

主侍仆　到处都在寻你,找你,问你,叫你去大厅呢。

侍仆甲　我们也不能分身呀。鼓起劲来,伙计,干脆一点。谁活得长久,就什么都有。

（男女宾客光临假面舞会。）

卡普勒　欢迎诸位光临!太太、小姐只要脚上没有鸡眼,就请来伴舞吧。哪个娘儿还不跳,还在装腔作势,我敢发誓,那一定是脚上长鸡眼了。我说得不到点子上么?欢迎诸位光临!我也有过戴假面具的日子,还记得在漂亮的小姐耳边悄悄地说过什么讨她欢喜的话呢,但这都是过去的事了,过去了,过去了。欢迎诸位光临!来,乐师,奏乐吧!

（乐师奏乐,宾客起舞。）

舞厅要像一个舞厅!跳起来吧,姑娘们。灯要亮一点,这些奴才,桌子怎么还没搬开?火不要烧得太旺,厅里已经越来越热了。啊,老兄,想不到你还真有一手。不,请坐;不,请坐,我卡普勒家的老兄,你和我都过了跳舞的年龄,从我们上次跳舞的假面舞会到现在,又过了多少年了?

卡普勒族人　圣母作证,过了三十年了。

卡普勒　怎么，老兄，没有这么久吧？没有这么久。卢森肖结婚是复活节后的第七个礼拜天，那离现在最多也不过二十五年，那时我们还戴着假面具跳舞呢。

卡普勒族人　不止，不止，卢森肖的儿子都三十岁了。

卡普勒　你这样说吗？两年前他儿子还不到二十一岁呢。

罗密欧　（对侍仆）那位小姐是谁？她使得舞伴的手都熠熠生辉了。

侍　仆　先生，我不知道。

罗密欧　啊，她教会了火炬放光，

　　　　使黑夜的脸孔发亮，

　　　　像黑人耳边的明珠，

　　　　天上少有，人间更无。

　　　　乌鸦中雪白的鸽子，

　　　　她胜过了万红千紫。

　　　　舞后她在什么地方？

　　　　一握手会传染芳香。

　　　　我的心没见过爱神，

　　　　今夜才看到了美人。

泰　波　一听声音，就知道他是蒙太古家的人。——左右，拿我的剑来！（一侍仆下。）——这家伙戴着古老的假面具，居然敢来舞会上闯祸，为了家族的荣誉，杀了他也不算罪过。

卡普勒　怎么，外甥，什么事惹得你生气了？

泰　波　舅舅，我们的对头蒙太古家来了人，要扰乱我们今夜的盛会了。

卡普勒　你是说小罗密欧吧？

泰　波　就是他，这个该死的罗密欧。

卡普勒　不要生气，好外甥，让他去吧，他看起来还挺斯文的。说老实话，维罗纳还夸他是个循规蹈矩的青年人呢。我不愿意开罪一个全城都说好的人，只当没看见他算了。这是我的意思，希望你要听话，收拾起你皱起的眉头，做出客客气气的样子，不要破坏了宴会的气氛。

泰　波　这样一个小子也来做客，这合适吗？我实在受不了。

卡普勒　受不了也要受。怎么，难道他低人一等吗？我说，别闹了，你去吧。这是在我家里，不是你家，去吧，你受不了，老天倒容得了。你难道要在客人面前闹得个鸡飞蛋打吗？你难道要做个闯祸的人？

泰　波　不，舅舅，他实在太不像话了。

卡普勒　行了，去你的吧。你把自己看得太高了，不是吗？这反而会害了你的，我知道。你一定要对着干吗？那好，现在正是时候。——

（对舞客）说得好，我同意。——

（对泰波）你不要不识好歹，别说了，否则——

（对仆人）灯要亮点，灯要亮点！——

（对泰波）真丢人，少说两句吧。

（对舞客）开心吧，好朋友。

泰　波　怒气冲冲，怎能勉强压得下去？我简直气得心惊肉跳了。我可以走开，他现在闯进来似乎占了便宜，我会叫他后悔莫及的。（下。）

罗密欧　（对朱丽叶）如果我的双手不够洁净，

在你神龛上留下了暗影，

那含羞带愧的香客愿意

用嘴唇吻掉留下的痕迹。

朱丽叶　香客不要把手说得太坏，
　　　　抚摸神龛是虔诚的姿态。
　　　　圣徒的手香客可以接触，
　　　　手吻手给香客带来祝福。
罗密欧　香客和圣徒嘴唇一样好。
朱丽叶　香客，圣徒用嘴唇来祈祷。
罗密欧　圣徒，让嘴唇和双手一样
　　　　向神祈祷，免得信心失望。
朱丽叶　圣徒接受祈祷也不会动。
罗密欧　那不要动，祈祷就起作用。（吻朱丽叶。）
　　　　这一吻消除了我的罪状。
朱丽叶　你的罪怎能留在我嘴上？
罗密欧　那就取消我的罪来补偿。（再吻朱丽叶。）
朱丽叶　《圣经》有规定吗？（站开。）
奶　妈　小姐，你妈要和你说句话。
罗密欧　她妈是谁？
奶　妈　年轻人，她妈就是这家的女主人，是一位好太太，又聪明，又贤惠。刚才和你说话的就是她女儿，是吃我的奶长大的，谁要是娶了她，那可是发财了。

罗密欧　她是卡普勒家的人吗？这笔账怎么算？我的命落在冤家对头手上了。

班沃略　走吧，走吧，跳舞到头了。

罗密欧　唉，我怕到不了头。

卡普勒　不，诸位，请不要走，我还准备了夜宵。不吃了吗？那我就再感谢大家光临了。谢谢你们，晚安，再见。——再拿几个火把来！——去吧，我们也该歇歇了，回房去吧。

（众下。朱丽叶与奶妈留舞台上。）

朱丽叶　来，奶妈，你知道那位先生是谁？

奶　妈　老泰波略的少爷。

朱丽叶　那个刚出门的呢？

奶　妈　我想是小彼杜乔。

朱丽叶　还有那个跟着走却不跳舞的？

奶　妈　不认得。

朱丽叶　去问问他的名字。（奶妈下。）

　　　　——要是他结了婚，
　　　　我的新房就是一座新坟。

奶　妈　（重上。）他叫罗密欧，是我们冤家对头蒙太古家的独生子。

朱丽叶　不是冤家不相逢,

　　　　相逢恨晚又匆匆。

　　　　情人生来不逢时,

　　　　生不能爱不如死。

奶　妈　你说什么？你说什么？

朱丽叶　刚刚学会的一支歌，跟一个舞客学的。

　　　　（幕后叫"朱丽叶！"。）

奶　妈　来了，来了。快去，快去，客人都走了。

　　　　（同下。）

第 二 幕

(报幕人上。)

报幕人　过去的相思躺在死亡的床上,
　　　　新生的爱情要把旧恋来继承。
　　　　情郎不再为怀念而不惜死亡,
　　　　比起朱丽叶来,旧恋不算美人。
　　　　这一对生死冤家怎能够不神伤?
　　　　朱丽叶能不咬上爱情的钓丝?
　　　　仇家的罗密欧又怎能够吐露
　　　　一对情侣不离口的山盟海誓?
　　　　她既情有所钟,又能向谁诉苦?
　　　　为了新欢她能不能舍生忘死?
　　　　爱情有力量使他们相逢相见,
　　　　能不能使最苦的时间变最甜?

第 二 幕

第一场

卡普勒家果园墙外

（罗密欧一人上。）

罗密欧　我的心留在这里了,身子能到别的地方去吗?回过头来吧,丧魂失魄的一团烂泥,去找你魂牵梦萦的意中人吧!（站舞台旁。）

（班沃略与莫丘肖上。）

班沃略　罗密欧!表弟,罗密欧!

莫丘肖　他舍不得浪费时间。我相信,他一定是溜回去睡大觉了。

班沃略　他是往果园这边走的。恐怕是跳进果园去了。你叫叫他看,莫丘肖。

莫丘肖　不,我要念经念咒了。罗密欧,脾气古怪,疯疯癫癫，心一动情，就爱得发狂的人儿！你化作一声叹息出来吧，说一句俏皮话也行，或者喊一声："可怜我！心肝宝贝，我的小鸽子！"向多嘴的爱神恭维两句，给她瞎眼的儿子取个外号，叫他作百发百中的神箭手，千秋万代的年轻人，一箭能使富可敌国的帝王爱上分文莫名的乞丐女儿——这变化多端的猴子死了吗？那我只好赌咒发誓了。——我要用罗瑟琳穿心透骨的眼睛，用她高耸远瞻的前额，鲜艳迷人的嘴唇，窈窕伶俐的双腿和双脚，波涛起伏的肚子，隐隐约约、引人入胜的阴漕地穴，要它们用无声的甜言蜜语来呼唤你显身吧！

班沃略　要是他听见了，他会气得昏倒的。

莫丘肖　这不会气得他发昏，使他晕倒的是他情人的秘方妙药，可以使他硬邦邦的脾气变得软绵绵，使他直挺挺的身子低头下气，那才是他的无可奈何天。我的呼唤却是天公地道的，不过是想用他情人的名义把他勾引出来罢了。

班沃略　走吧,他已经走进树荫中,要和黑夜女神做伴,共度良宵了。既然爱情是盲目的,那和黑夜打成一片不正是得其所哉么?

莫丘肖　如果爱情是盲目的,爱神的箭怎能射中情人的心呢?现在他该躺在石榴树下,妄想他的情人就是石榴裙下一个张开口的石榴了。——啊,罗密欧,但愿她是盛开的牡丹花,而你却是那吞云吐雾的撒露手!罗密欧,祝你良宵恨短,我却要回到我那矮床草垫上去了。这露天的风霜太冷,要我过一夜可吃不消。走吧!你走不走?

班沃略　那就只好走了,既然明明知道这里不是他的藏身之所,那又何必浪费时间去寻找呢?

（班沃略与莫丘肖下。）

罗密欧　（走到台前。）他拿我的伤痕寻开心,但是旧怨有了新欢,哪里还会感到痛苦呢?

（朱丽叶上阳台。）

　　　　小声点儿,阳台上怎么大放光明了?那里是东方吗?那朱丽叶就是太阳了。起来吧,美丽的太阳,气死那妒忌你的月亮。她怎能容许保护她的卫士显得比她还更富丽堂皇啊？不要护卫她了，既然她不容情，你又何必多义？她的脸色凄惨，只有愚忠的卫士才穿她惨绿的服装，你何必效法呢？来到阳台上的正是我的心上人，啊，是我钟情的人！啊，她要是知道了多好！她开口了，但是什么也没有说。那有什么关系？她的眼睛不是在说话么？等我来回答她。但是，不要太鲁莽了。她的话不是对我说的，天上有两颗光辉四射的明星要找替身，要请她的眼睛代替它们去照耀万里长空。如果她的眼睛成了天上闪烁的明星，而那两颗明星又取代了她的眼睛，那会怎么样呢？她那光辉灿烂的面容恐怕会使星光羞得无地自容，就像明灯在阳光下黯然失色一样。她的眼睛要是飞上了天，那眼里的流光溢彩会给黑夜带来黎明，会唤醒鸟儿发出欢迎黎明的歌声。瞧，她用手偎托着香腮！但愿我能化身为她的手套，可以亲一亲她的芳泽啊。

朱丽叶　唉！我——

罗密欧　她说话了。再说一遍吧，我的安琪儿，因为你说的话会给黑夜带来光明，就像一个展开双翼的天使飞过我的头上，会使世人都睁大眼睛，仰着头，围着看，而天使却跨上了闲散游荡的浮云，在青天袒露的胸怀里自由翱翔了。

朱丽叶　啊，罗密欧，罗密欧，为什么你偏偏是罗密欧呢？不要认你的父亲，不要做你们家的人。假如你不肯，那只要你发誓做我的爱人，我就宁愿不做卡普勒家的人了。

罗密欧　（旁白）我是该听下去，还是现在就开口呢？

朱丽叶　只有你的姓名才是我的仇家，并不是你本人。即使你不姓蒙太古，你还不是一样的人吗？那姓蒙太古又有什么关系？姓名既不是手，又不是脚，既不是胳臂，又不是脸孔，也不是你身子的任何部分。唉，你换一个姓吧。名字有什么关系？我们叫作玫瑰的花朵，即使换了一个名字，闻起来还不是一样香么？罗密欧不姓蒙太古也还是罗密欧，那就保住内心的完美，抛弃身外的姓氏吧。只要你换一个姓，我就是你的人了。

罗密欧 （对朱丽叶）你这一句顶一万句。只要你说一声爱我，我就改名换姓，再也不是蒙太古家的罗密欧了。

朱丽叶 你是什么人？怎能偷听深藏在黑夜里的私话？

罗密欧 我的名字连自己都说不出口，因为它是你的仇家，若是把它写在纸上，我会把纸撕个粉碎。

朱丽叶 我的耳朵闻得出声音的味道，你的舌头还没有说几句，我就听得出你是蒙太古家的罗密欧了。

罗密欧 不对，我的美人儿，只要你不喜欢，我就既不是罗密欧，也不是蒙太古家的人。

朱丽叶 告诉我你怎么来的，为什么要来？果园的墙又高又难爬。偷爬过来就是死，因为你是蒙太古家的人，我家的人看见了，不会让你活着出去的。

罗密欧 爱神的翅膀带我飞过了高墙，石头壁垒怎能把爱情挡在门外？哪有什么爱情敢想而不敢做的事？你的家人又能奈何我吗？

朱丽叶　如果他们看到了你，你就有生命的危险！

罗密欧　唉，你的眼睛比他们的刀剑更厉害，你甜蜜的顾盼能给我披上刀剑不入的衣甲。

朱丽叶　说什么也不能让他们看见你在这里。

罗密欧　我有黑夜掩护，躲得过他们的眼睛，只要得到了你的爱情，就让他们的仇恨结束了我的生命，也比没有爱情雨露沾染的苟延残喘要好得多。

朱丽叶　谁告诉你怎样到这里来的？

罗密欧　是爱神，他先要我打听，又给我出主意，要我借眼睛给他看，我不认得路，但即使你远在天涯海角，为了你这无价之宝，我也没有什么不敢冒的风险。

朱丽叶　你知道我脸上戴了黑夜的面纱，否则我刚才吐露的真情会羞得我满脸通红的，因为听到我今夜所说的话，如果要顾面子，我真该千方百计抵赖否定的。但是算了吧，装腔作势的花言巧语！你爱我吗？我知道你会说是，而且我也相信，但如果你发誓呢，那反倒可能是撒谎了；因为爱神都承认情人发誓是不算数的。啊，罗密欧，要是你真爱我，那就老实说吧：假如你以为我太容易到手，我也会皱眉板脸，对你说不行，让你苦苦追求，说什么也不答应你。说老实话，好一个蒙太古，我太不会装模作样了，所以你会认为我太轻浮；但是相信我吧，老实人，我是比那些装模作样的人更加真心诚意的。我承认，我本来也可以扭扭捏捏，故作姿态。但是，你已经听到了我不知不觉地流露的热烈感情，因此，原谅我吧，不要以为我答应了你的要求就是轻浮，其实是黑夜使我泄露了秘密的。

罗密欧　好小姐，我凭银光洒满树梢的月亮发誓——
朱丽叶　啊，不要凭有阴晴圆缺的月亮发誓。难道你的感情也像月亮一样变化不定、靠不住吗？
罗密欧　那我凭什么发誓呢？
朱丽叶　你根本就不用发誓，如果要发誓，你自己说

　　　　的话就是金口玉言。难道我还信不过你吗？
　　　　你就是使我拜倒的偶像。

罗密欧　如果我的真心实爱——
朱丽叶　那好，不用发誓。虽然我喜欢见到你，但不喜欢今夜这样仓促的见面，太短暂，太意外，太突然，太像一闪就消失的电光，还不等人说出"闪电了"就已经不见踪影。亲爱的，再见吧！爱情的嫩苗受到夏天温暖微风的吹拂，等我们下次再见面时，就会开出美丽的鲜花来。再见吧，再见！

　　　　　甜甜蜜蜜、平平静静的安息
　　　　　会来到你身上，落到我心里。

罗密欧　啊，你就让我这样爽然若失地离开吗？
朱丽叶　你今夜失去了什么呢？
罗密欧　我还没有得到你和我交换的爱情信誓呢。
朱丽叶　我不等你开口，已经把我的信誓给你了。不过，我也愿意还没有给你，好再给你一回。
罗密欧　你要收回你的信誓吗？为什么，亲爱的？
朱丽叶　只是为了表明心迹，我才向你一再宣布我的信誓。不过，我也愿意拥有像大海一样无边无际、用之不尽、取之不竭的爱情，爱情比海还更深。我给你的越多，我自己拥有的也越多，因为爱情是无穷无尽的。我听见有人叫我了。亲爱的，再见了。

（幕后奶妈呼唤。）

来了，奶妈！——好个蒙太古，你要说得到做得到。

等一会儿再走吧，我就会回来的。（下。）

罗密欧　啊，幸福啊。幸福的夜晚！但我怕夜里的好事都是梦想，甜蜜得令人喜出望外，怎么可能是真的呢？

（朱丽叶重上。）

朱丽叶　只说两句话。亲爱的罗密欧，我们就真的要再见了。如果你说的爱情不是空口白话，如果你真打算结婚，那就明天给我回信吧。我会要人去找你。你打算在什么地方、什么时间举行婚礼？我把一切都交给你了，我要跟你走遍天下。

奶　妈　（在幕后）小姐！

朱丽叶　等一等就来了。——不用你费心,我来想办法,明天我会要人去找你。

罗密欧　那会使我心花怒放——

朱丽叶　我要说一千遍再见。(走下阳台。)

罗密欧　那就是一千遍不能见面!

　　　　　　情人相逢,像下课的学童;

　　　　　　情人分离,上课苦脸愁眉。

(正要下场,朱丽叶又上阳台。)

朱丽叶　听,罗密欧,听!啊,你听见猎人呼唤猎鹰吗?关禁闭的人说话不敢高声,唯恐回声被人听见。我真想把回音壁打破,让我呼唤罗密欧的喊声一直传到你的耳中。

罗密欧　这是心灵的呼声,只有情人在夜深人静的时候,才能用这银铃般悠远的呼声,来沁入凝神静听的耳朵。

朱丽叶　罗密欧!

罗密欧　这是呼唤我的猎鹰。

朱丽叶　明天什么时候我要人去找你?

罗密欧　九点钟,好不好?

朱丽叶　好,就是九点。这好像还要等三十年呢!我忘了为什么叫你回来。

罗密欧　那我就要站在这里，等你想起来了再走。

朱丽叶　你若站在这里不走，我就更想不起来了。我只记得多么喜欢和你待在一起。

罗密欧　那我就一直待在这里，让你一直忘记，只要记住这里是我们的天地。

朱丽叶　天快亮了，我看你该走了，但是我又舍不得你走。就像顽童把丝线系住小鸟的腿，放它飞了几步又把它拉回来，仿佛妒忌它的自由一样。

罗密欧　但愿我是你手中的小鸟。

朱丽叶　亲爱的人儿，我也是你的小鸟，但是我太爱你反而害了你了。

　　　　再见，再见，情人分别真是又苦又甜，
　　　　我要说"再见"直说到黑夜成了白天。
　　　　（下。）

罗密欧　睡意蒙住你的眼睛，幽静贴近你的心灵，
　　　　但愿我能像睡意与幽静一样和你贴近。
　　　　"灰眼的黎明向愁眉的黑夜微笑，
　　　　用闪烁的光波铺上东方的云霄，

使深夜的暗影像醉汉东倒西歪,
等太阳神的飞车把大白天带来。"①
现在我要去修道室请神甫帮忙,
还要告诉他我是如何喜从天降。(下。)

---

① 译注:"灰眼"四行多数版本只在第二幕第二场出现。

第 二 幕

第二场
维罗纳洛伦斯修道室

（洛伦斯神甫提草药篮上。）

洛伦斯神甫　灰眼的黎明向愁眉的黑夜微笑，
　　　　　用闪烁的光波铺上东方的云霄，
　　　　　使深夜的暗影像醉汉东倒西歪，
　　　　　等太阳神的飞车把大白天带来。
　　　　　太阳还没有睁开他的火眼金睛，
　　　　　来欢迎白天把黑夜的露水吸尽。
　　　　　我不得不用一些香花和些毒草
　　　　　把我放药的柳条篮子装满装好。
　　　　　大地是生长又培养万物的慈母，
　　　　　但她也是埋葬芸芸众生的坟墓。

她张开了无所不包的宽大胸怀,
来哺育各有千秋的男孩和女孩。
万事万物说起来各有各的好处,
好处并不相同,有的还不显露。
一草一木一石,只要使用得当,
都会向我们显示各有各的用场。
世界上并没有什么无用的东西。
它的存在就说明了这一个道理。
任何好东西如果使用得不恰当,
反而会得到你意料之外的下场。
好事选错了对象会得不到好报,
坏事有时反会披上伪善的外貌。
(罗密欧上。)
你看这一朵含苞欲放的罂粟花,
它虽然有毒,但医药疗效也大。
这朵花闻起来会令人心醉神迷,
但是尝一尝却会使人昏昏入睡。
两种相反的力量一同占了花心,
就像善和恶一样同时侵入人性。
如果好闻的花香却被毒汁打败,

　　　　　那会给鲜花带来死亡般的伤害。
罗密欧　亲爱的神甫，祝你早上好！
洛伦斯神甫　上天给你祝福，这样好的话说得这么早。

　　　　　年轻人这么早就起了床，

　　　　　一定是有事情挂在心上；

　　　　　一个人年纪大了心事多，

　　　　　老是睁大了眼睛睡不着。

　　　　　年纪轻轻的人没有烦恼，

　　　　　伸手伸脚一觉睡到清早。

　　　　　你起得这么早使我相信

　　　　　一定有事扰乱了你的心。

　　　　　如果没猜对，我敢担保

　　　　　你昨夜一定没上床睡觉。

罗密欧　你最后猜得对，睡不如醒甜蜜。
洛伦斯神甫　上天恕罪，你和罗瑟琳在一起？
罗密欧　和罗瑟琳吗？不，我亲爱的神甫，

　　　　　我忘了这个名字带来的痛苦。

洛伦斯神甫　这才是好子弟。那你去了哪里？
罗密欧　那不消你多问，我这就告诉你。

　　　　　我去参加了我仇人家的宴会，

忽然有人使我受伤的心陶醉。
我也同样伤害了她，而我正要
求你给我们治病的灵丹妙药。
我对伤我的人毫无怨恨之意，
我来既是为我，也是为她求你。

洛伦斯神甫　不要转弯抹角。不必顾全脸面。
含糊其词得不到不含糊的赦免。

罗密欧　那我就实说了：我已一见倾心，
爱上了卡普勒家美丽的千金；
我们心心相印，现在万事俱备，
只缺少你来成全我们两人之美，
来主持我们的婚礼。什么时间、
地点？如何见面求婚交换誓言？
我们边走边谈，现在求你同意
今天就为我们举行神圣的婚礼。

洛伦斯神甫　圣方济各啊，这是多么大的变化！
你爱罗瑟琳，怎么又放弃了她？
忘记得这么快？年轻人的爱情
不是真心实意，而是全凭眼睛。
玛利亚在上，你流了多少眼泪，

　　　　为罗瑟琳而消瘦，不吃又不睡？
　　　　无论酸甜苦辣，都不合你胃口，
　　　　要和爱情搭配，你把一切丢掉！
　　　　天上的太阳没有晒干你的叹息，
　　　　我耳边还听得到你那时的哭泣；
　　　　瞧，你脸颊上还有当时的泪痕，
　　　　你的新爱并没有洗掉你的旧恨；
　　　　如果你还是你，对过去没忘情，
　　　　那该记得一切都是为了罗瑟琳。
　　　　如果你变了，要记住这句忠告：
　　　　男人若站不稳，女人能不跌倒？
罗密欧　你从前老怪我不应该爱罗瑟琳。
洛伦斯神甫　不是不该爱，是不要爱得忘情。
罗密欧　你要我埋葬爱情——
洛伦斯神甫　不是装进棺材，
　　　　而是不要旧的没去，新的又来。
罗密欧　我真爱她，不要怪我，我求你，
　　　　我们真心换真心，实意换实意。
　　　　别人可不一样。
洛伦斯神甫　罗瑟琳也知道

你照本宣科并不了解的那一套。

来吧，三心二意的年轻人，走！

看来我这次帮的忙还真不可少：

如果年轻人结成了美好的姻缘，

也许可以化解你们两家的仇怨。

罗密欧　我们走吧，我真等得不耐烦了。

洛伦斯神甫　不慌不忙才稳，跑得快会摔跤。

（同下。）

第 二 幕

第三场

维罗纳—广场

（班沃略与莫丘肖上。）

莫丘肖　这个不要命的罗密欧到哪里去了？他昨天一夜都没有回家呢。

班沃略　他没有回他父亲家，我问过他的随从。

莫丘肖　这都要怪那个脸白心狠的罗瑟琳，她折磨得他都快要发疯了。

班沃略　你知道老卡普勒的外甥泰波写了一封信送到罗密欧父亲的家里吗？

莫丘肖　我的天呀，那一定是约他决斗了。

班沃略　罗密欧会回信的。

莫丘肖　会写字的人都会回信。

班沃略　我是说他会答应决斗的,谁能受欺负不回手呢?

莫丘肖　唉,倒霉的罗密欧。他已经死过一回了,给那个白脸女人的黑眼睛刺伤了,又给她一支情歌唱聋了耳朵,再加上盲目的爱神一箭射中了他的心,怎么还能对付泰波呢?

班沃略　泰波是个怎样的人?

莫丘肖　他可不是个斗猫斗狗的好手。啊,他动起手来胆大心细,叫人夸不绝口。他决斗就像你唱歌一样合拍,站得不远不近,准备时间不多不少:一、二、三,第三剑就直取你的胸膛——可以把一个纽扣劈成两半——这才说得上是决斗,是一流二流名师指点出来的功夫。啊,瞧他名不虚传的进击、后退、反攻!

班沃略　什么?

莫丘肖　对那些该死的装模作样、说起话来洋腔怪调的家伙,耶稣啊,就该当头一剑,让他人头落地。出人头地,或者像个婊子一样当众出丑。怎么啦,老爷子,难道听了这些外国苍蝇嗡嗡叫出来的新风气，你一点也不难过？让他们的新式服装坐老式板凳能舒服吗？啊，这些懒骨头！

（罗密欧上。）

班沃略　罗密欧来了，罗密欧来了。

莫丘肖　"罗"不是姓，"密欧"也就成了用"蜜沤"成的干鱼了。在他看来，拉丁诗人彼特拉克歌颂的美人"洛拉"成了灶下的"落蜡"——天哪，幸亏有个多情的诗人来歌颂她！——迦太基的狄托女王穿得破破烂烂，埃及女王克柳葩是一个吉卜赛女郎，美丽盖世的希腊美人海伦和希洛是不识时务的烟花女，殉情的蒂斯贝不过是有一双迷人的灰色眼睛而已，这些美人有什么用呢？——罗密欧先生，"你早呀！"（法语）我要用法语的"早安"来和你"晚会"上穿的短裤搭配了，你昨晚临阵脱逃，表演得不错呀。

罗密欧　你们二位早呀。我昨晚怎么临阵脱逃了？

莫丘肖　就是溜了，老兄，溜之大吉了。——你不懂吗？

罗密欧　对不起，莫丘肖，我昨晚有大事，就顾不得小节了。

莫丘肖　这就是说，你顾不上弯腰开腿了？

罗密欧　我的意思是说：不拘礼节。

莫丘肖　你说对了，你只顾弯腰，就不管对方是不是张开双腿了？

罗密欧　真有你的歪门邪道！

莫丘肖　不，我是要在花里钻洞。

罗密欧　钻进花心？

莫丘肖　你说对了。

罗密欧　那就要鼓起干劲钻进去。

莫丘肖　你说得够调皮，跟我说下去吧，说得你泄了气，花心也打通了，只剩下了几滴露水。

罗密欧　啊，几滴露水，那可以滋润万物，开花结果啊。

莫丘肖　来吧，班沃略，我说不过他了。

罗密欧　加油吧，加油吧，要不然，我要说你甘拜下风了。

莫丘肖　如果耍嘴皮子是比赛干风流的勾当，那我一

　　　　　个可以顶你五个。你哪一次风流事没有我的份呢？

罗密欧　除了风流事，你还有别的勾当吗？

莫丘肖　你这样拿我寻开心，我可要咬掉你的耳朵了。

罗密欧　不，好家伙，不要乱咬。

莫丘肖　你的好家伙倒又长又硬头又尖。

罗密欧　尖头钻进花心，难道不开么？

莫丘肖　你这一寸长的皮包尖头可以伸长半尺。

罗密欧　好家伙要深入花心，花心有半尺深，就要进五寸。

莫丘肖　你们看，这样快快活活不是比为爱情而苦苦呻吟好得多吗？你现在也有说有笑，恢复了罗密欧的本色了，既自然又灵活；爱情也是可以伸缩自如的，你若挥舞大棒，上下左右，就可以直捣龙潭虎穴了。

班沃略　不要说了，不要说了。

莫丘肖　你怎能叫我说个有头无尾呢？

班沃略　我怕你会讲得无边无际，尾大不掉的。

莫丘肖　啊，你搞错了，我已经讲到结尾，进入洞底，怎能再拉长呢？那不是胡搅蛮缠么？

（奶妈及彼得上。）

罗密欧　来了两个好家伙！

莫丘肖　一个穿衬衫，一个穿围裙。

奶　妈　彼得！

彼　得　什么事？

奶　妈　我的扇子。

莫丘肖　好彼得，快给她遮羞：扇子比她的脸好看得多呢。

奶　妈　几位先生，你们早上好！

莫丘肖　中午好，好大妈！

奶　妈　已经是中午了吗？

莫丘肖　不早了，我告诉你，日晷上翘起来的针正指着中午。

奶　妈　去你的吧，你是什么人？

罗密欧　好大妈，他是上帝捏错了要扔掉的人。

奶　妈　说老实话，你倒讲得不错，上帝说了要扔掉他吗？你们哪一位知道到哪里去找年轻的罗密欧吗？

罗密欧　我知道，不过你找到他的时候，他已经不如你要找的时候年轻了。如果你找不到

　　　　　一个比他更年轻的，那就来找我这个罗密
　　　　　欧吧。
奶　　妈　你真会说话。
莫丘肖　年轻人会说话。说得不错，的确有道理，有
　　　　　道理。
奶　　妈　如果你就是罗密欧，年轻人，那我要和你说
　　　　　几句私房话。
班沃略　她要请他去吃消夜。
莫丘肖　那就可以消受一夜，逍遥一夜，一夜逍遥了。
罗密欧　你找到什么啦？
莫丘肖　没找到逍遥的兔崽子，只找到四旬斋剩下的
　　　　　兔肉饼。过了期了，没有味道。
　　　　（唱）兔肉饼，兔肉饼，
　　　　　　　四旬斋吃了不生病。
　　　　　　　等到四旬斋一过，
　　　　　　　吃了肉饼就打哆嗦。
　　　　　　　罗密欧，你到你父亲家去晚餐吗？我
　　　　　　　们就要去了。
罗密欧　那我就来。
莫丘肖　再见吧，老太婆，再见，太婆太婆老太婆。

（莫丘肖及班沃略下。）

奶　妈　年轻人，这个满口脏话的是什么人？你知道吗？

罗密欧　奶妈，这是个喜欢听自己说话的人，他一分钟说的话比他一个月听到的话还多。

奶　妈　要是他说了我的坏话，我可要揍得他硬不起来。二十个这样的坏蛋我也不怕对付不了，还有别人帮忙呢。这下三路的小人，我又不是和他打情骂俏的伙伴。——（对彼得）你怎么站在一边不开腔，看着随便哪个混蛋高兴就欺负我？

彼　得　我没有看见谁一来劲就欺负你呀，只要有，我的家伙早拿出来了。我敢向你保证：我动手不比别人慢，只要干起来理由在我们这边。

奶　妈　那好，老天在上，我气得全身没有哪一点不发抖了，下三路的奴才！——（对罗密欧）年轻人，我要和你说一句话，我对你说过小姐要我打听你；她要我说的话，我全记在心里。但是我开头就要告诉你：如果你要把她骗到欺负女人的地方去——这是人家告诉我的——那可是胆大包天的事，因为他们告诉我：年轻小姐是不能干这种事的，要是你要两面派，说起来好听，干起来下流，那可是千不该万不该的丑事，下三路的勾当。

罗密欧　奶妈，请告诉你家小姐，我敢向你担保——

奶　妈　好心人，说实话，我会告诉她的。天呀，天呀，她要快活死了。

罗密欧　你要和她说什么，奶妈？你还没听我说呢。

奶　妈　年轻人，我会告诉她你敢担保，这在我看来，只有一个好人才肯担保的。

罗密欧　请她想法子今天下午到洛伦斯神甫修道室来做忏悔，忏悔后我们就结婚。（要给她钱。）这是谢谢你的一点小意思。

奶　妈　不要，年轻人，的确，一个钱也不要。

罗密欧　去吧，我说，这是你应该得到的。

奶　妈　今天下午吗，年轻人？那好，她会来的。

罗密欧　好奶妈，请你一个钟头后到教堂的墙后面来，等我的人来给你一个绳梯，那个梯子可以在今夜秘密地把我带到好事的顶峰。再见了，不要误事，我会报答你的。再见，好好对你家小姐说。

奶　妈　老天保佑你，帮你忙，年轻人！

罗密欧　你说什么，我的好奶妈？

奶　妈　你的人靠得住吗？你难道不晓得：多一张嘴巴知道，就多两个鼻孔漏气？

罗密欧　那你就放心吧。我的人是滴水不漏的。

奶　妈　那好，年轻人，我家小姐真是再好不过了。——天呀，天呀！我记得她还是个刚学说话的小东西呢！——啊，城里有个叫巴里斯的世家子弟看上了她，但是她却把他看成一只癞蛤蟆。有时我说了句巴里斯配得上她的好话，我刚一张口，她就气得脸像张白纸一样。

罗丝玛丽和罗密欧是不是一家呀？

罗密欧　唉，奶妈，只同一个"罗"字，没有什么关系。

奶　妈　不要怪我啰嗦，啰嗦就像狗叫，狗叫就是狗嚎。狗"嚎"有什么"好"呢？

罗密欧　替我问小姐好！（下。）

奶　妈　好，我会问一千遍。——彼得！

彼　得　来了。

奶　妈　你走前，我走后。

　　　　（同下。）

第 二 幕

第四场

卡普勒家果园

(朱丽叶上。)

朱丽叶 我要奶妈去的时候是九点钟,她答应半个钟头就回来,也许她没有找到他,这不可能。啊,难道她的腿瘸了?给情人送信的应该是"相思"。那比太阳光飞得还要快十倍,会把皱眉山头的阴影留在后面;无怪乎爱神要用翅膀灵巧的鸽子来拉车了,无怪乎盲目的爱神会双翼生风。现在太阳已经飞到一天旅程的最高峰,从九点到十二点,这是三个最长的时刻,但是奶妈还没有回来。要是她有年轻人的热血和感情,她就会转得比球还快;

我的话会赶着她去找我的情人，他也会赶她来找我。

　　　　但老年人慢吞吞地走不动，

　　　　苍老无力像个铅砣一样重。

（奶妈及彼得上。）

　　啊，天呀，她来了！啊，甜甜的奶妈，有什么消息？见到他了吗？叫你的人站开，好不好？

奶　妈　彼得，到门外去。

（彼得下。）

朱丽叶　好甜甜的奶妈——啊，天呀，你的脸色不好看，即使消息不好，你也要好好说呀；如果是好消息，你这样愁眉苦脸怎么能奏乐呢？

奶　妈　我累死了，等我歇歇再说。唉，我骨头都累痛了！跑这趟路多累人啊！

朱丽叶　要是人能脱胎换骨的话，我真愿把骨头换给你，来换你的消息啊。说吧，求求你了，好奶妈，说吧。

奶　妈　天呀，忙什么呢？你就不能等一下？你没看见我累得喘不过气了？

朱丽叶　你喘不过气来，怎么还能说话？你耽误的时间，比说出来的时间要多得多。你的消息是好是坏？情况可以慢慢说，先告诉我是好消息还是坏消息吧！

奶　妈　好的，你选人也太简单，你不会挑男人。罗密欧吗？不，他不行，虽然他的脸看起来比别人好，不过他最好的还是腿，至于手脚和身子，虽然没有什么好说的，也是别人没法比的，他不是彬彬有礼的，但是我敢说他温顺得像羔羊。去你的吧，孩子，听上帝的话。怎么，你已经吃过午餐了？

朱丽叶　没有，没有，我要知道的只是结婚的消息。他怎么说了？

奶　妈　天呀，我头痛得好厉害！怎么这样痛？好像头要裂成二十块。后面的背脊骨也痛起来了。——啊，背好痛，背好痛！你安的什么心要我东奔西跑？

朱丽叶　真对不起，把你跑累了，亲爱的，亲爱的，亲爱的奶妈，告诉我我的情人说了什么话吧！

奶　妈　你的情人能说什么话？一个老实人，讲礼，和善，模样好，脾气也好。——你妈妈呢？

朱丽叶　我妈妈不是在家里吗？还能到哪里去？你的回答也真奇怪：我的情人说话像老实人，我妈妈在哪里？

奶　妈　啊，圣母在上！你干吗这样急？要生气就生气吧。这就是你给我的止痛药吗？下次再要传信，你自己去吧。

朱丽叶　怎么这样说话！告诉我罗密欧怎样说的。

奶　妈　家里答应你今天去做忏悔吗？

朱丽叶　答应了。

奶　妈　那你就快去洛伦斯神甫修道室吧，那里有个新郎在等你做新娘呢！你怎么不好意思，一听到消息就脸红了？快到教堂去吧，我还要去找个绳子做的梯子，让你的情人等天黑了去掏鸟窝呢。夜里他会压得你翻不了身的。去吧，我要吃午餐去了。你快点去教堂吧。

朱丽叶　我要去面对命运了。好奶妈，再见吧。

（同下。）

第 二 幕

第五场

洛伦斯神甫修道室

（洛伦斯神甫与罗密欧上。）

洛伦斯神甫　上天对神圣的结合眉笑颜开，排斥了苦难的降临。

罗密欧　阿门，阿门。不管什么苦难也撒不下黑暗的阴影来冲淡我看见她的欢欣；只要你用神圣的语言把我们的心和手都结合在一起，死亡即使胆敢吞噬爱情，也抹杀不了她永远留在我心灵中的倩影。

洛伦斯神甫　狂欢不容易善终，火药爆炸后，胜利感也会烟消云散。过分的甜蜜会显得腻味，太浓的味道反不容易体会；所以爱情也要从容不迫，留有余地，才能天长地久；来得太快，拖得太久，不一定能开花结果。

（朱丽叶急匆匆上。）

小姐来了，脚步这样轻巧，连灰尘都不会惊动，即使夏天在蜘蛛网上漫步也不会踩断一根蛛丝，连浮光掠影都不免相形见绌了。

朱丽叶　晚上好，我灵魂的忏悔师。

洛伦斯神甫　小姐，罗密欧会代我吻你表示欢迎的。

朱丽叶　那我也要还他一吻，不能欠他的情。

罗密欧　啊，朱丽叶，如果你的欢乐像我的一样可以堆得高、传得远，那就让你的声音来甜化周围的气氛，用你舌尖的音乐来散布想象的乐趣，使金风玉露一相逢，便胜过人间无数的欢乐吧。

朱丽叶　想象比语言更丰富，不要把外表的装饰美化得超过了内在的品质。数得清财产的并不是富翁，真正的爱情是无价之宝，金钱无论堆得多么高，也不如感情财富的一半。

洛伦斯神甫　来吧，同我一起去，我们要简化外在的礼仪。但是在神圣的教会把你们结合为一体之前,你们两个还是你是你,她是她。(同下。)

第 三 幕

第一场

维罗纳—广场

（莫丘肖、班沃略及侍从上。）

班沃略　我求你了，好莫丘肖，我们回去吧。天气热，卡普勒家人到处是，碰了头免不了要争吵，因为天气热，人的脾气也就大了。

莫丘肖　你怎么像个没喝酒就怕醉的人，一进酒店就把剑放在桌子上，说是用不着了！但才喝两杯，又对酒店伙计拔出剑来，用得着吗？

班沃略　我是这种人么？

莫丘肖　得了，得了，你的火气不比哪一个意大利人小，动不动就发脾气，一发脾气就惹不得。

班沃略　怎么惹不得？

莫丘肖　要是两个你这样的人碰了头,一个也活不了。为什么?你怪他头发比你长,胡子又比你短;你怪他不该炒栗子,因为你的眼珠子是栗色的。否则有什么可吵?你的脑瓜子像一个蛋黄蛋白在打架的鸡蛋:你怪人家咳嗽吵醒了在街上打瞌睡的狗,怪裁缝不该在过节前就穿新衣服,怪他穿新鞋不该用旧鞋带。你这样还凭什么劝我不要吵架呢?

班沃略　要是我像你这样喜欢吵架,还能活个一时三刻吗?

莫丘肖　一时三刻?啊,一刻也活不了。

（泰波、贝鲁肖等人上。）

班沃略　你抬头看,卡普勒家人来了。

莫丘肖　站稳脚跟,我不会后退的。

泰　波　(对从人)紧跟着我,我要对他们说话。——两位请了,我想和你们哪一位说一句话。

莫丘肖　只一句吗?说两句话,再交交手,怎么样?

泰　波　我当然不在乎,老兄,只要你有理由。

莫丘肖　我没理由你就不能找借口吗?

泰　波　莫丘肖,你同罗密欧寻欢作乐——

莫丘肖　作乐？你把我们当着乐师了？如果我们奏乐，那你就会听到军歌。（指着佩剑。）这就是我的琴弓，我来奏乐，你来跳舞吧！

班沃略　这里是人来人往的地方，说话不太方便。找个偏僻的地方，冷静地谈谈不同的看法，怎么样？要不然就各走各的路吧，免得人家瞧着我们。

莫丘肖　长了眼睛不就是为了瞧的吗？让他们瞧去吧，我才不在乎别人高兴不高兴呢。

（罗密欧上。）

泰　波　来得正好。不要争了，老兄，我的人送上门来了。

莫丘肖　要是他会穿你家的衣服，老兄，我就去上吊。天哪，要是去决斗，他是会跟你去的。这样看来，你倒可以说他是你的人了。

泰　波　罗密欧，不是感情用事，我也得叫你一声"下流坯！"。

罗密欧　泰波，我有理由喜欢你，所以我不计较你的冒犯和侮辱，我不是下流人。再见吧，我知道你不了解我。

泰　波　好家伙,你这样说并不能减少你对我已经造成的伤害;转过身来,拔出你的剑来吧。

罗密欧　我要说清楚,我并没有伤害过你,我喜欢你,这是你想象不到的,你慢慢就会明白我的意思了;你是一个很好的卡普勒家人——我喜欢卡普勒家就像喜欢自己的家一样——这总该够了吧?

莫丘肖　啊,不要说了,你不怕难为情吗?只有冲刺决斗才能出一口气。泰波,不要玩猫捉老鼠的游戏了!你敢和我较量吗?(拔剑。)

泰　波　你要怎么样?

莫丘肖　好一个猫儿王,人家说猫有九条命;我只要你送出一条来吃我一剑,剩下的八条你怎么来,我怎么去,赤手空拳也收拾得了你。你怎么不把剑拔出来?快点,不要等你耳朵还没听完我的话,眼睛就看到我的剑锋了。

泰　波　我等着呢。

罗密欧　好莫丘肖,收起你的剑来。

莫丘肖　来吧,老兄。你敢冲过来吗?

(二人斗剑。)

罗密欧　班沃略，拔出剑来，不要让他们打下去。
——两位老兄，不要这样一怒之下就目无王法了！泰波，莫丘肖，王爷已经明令禁止在维罗纳街头舞刀动枪了。

（插身分开二人，泰波刺伤莫丘肖。）

住手吧，泰波，好莫丘肖！

（泰波下。）

莫丘肖　我受伤了。你们两家的深仇大恨怎么落到我头上来了！真该死！他没受伤就走了吗？

班沃略　怎么，你受伤了？

莫丘肖　哎，哎，有个伤口，有个伤口，天呀，也够受了！

我的随从呢？该死！快去找个医生来。

（随从下。）

罗密欧　你是条好汉。伤不算重吧？

莫丘肖　不重。伤口当然没有井那么深，也没有教堂前门那么大，不过也够送命的了；明天再来看我，恐怕要到坟墓里去找人了。该死，你们这两个仇家！怎么，一条狗、一只大老鼠、一只小老鼠、一只猫咬一口也会咬死人！一个吹牛拍马的流氓坏蛋，只会按照加减乘除来舞刀弄剑的人居然——（对罗密欧）真该死，你为什么要插身到我们中间来？你一挡住我，我就受伤了。

罗密欧　我本是为了大家好。

莫丘肖　班沃略，扶我到谁的家里去，我要晕倒了。你们两家都该死，要把我送去喂蛆虫了。我真倒霉。该死！

（班沃略扶莫丘肖下。）

罗密欧　这位老兄是王爷的近亲，为了我的缘故受了重伤；泰波的谩骂损害了我的名誉。——他只做了我一个小时的亲戚。啊，甜蜜的朱丽叶，你的美使我软化了，也削弱了钢铁般的勇气。

（班沃略重上。）

班沃略　啊，罗密欧，罗密欧，勇敢的莫丘肖死了！他的英灵已经归天，过早地离开了人世。

罗密欧　今天的厄运恐怕要影响到未来了。坏事一开头，哪里会松手？

（泰波上。）

班沃略　杀人犯泰波又来了。

罗密欧　莫丘肖死了,泰波那得意扬扬的神气叫我怎能慈悲为怀,撒手不管?让我满腔的怒火爆发吧!听着,泰波,你刚才骂我是下流坯,现在,下流坯要送你上西天了。莫丘肖归了天的英灵也在等着你呢。不是你就是我,或者我们两个都得陪他归天了!

泰　波　该死的家伙,你要和他同生死就吃我一剑吧!

罗密欧　只怕我的剑不答应。

(二人斗剑。泰波倒地。)

班沃略　罗密欧,快走吧!人来了,泰波死了。不要站着发呆!王爷抓到你要把你处死的。你还是快走吧。

罗密欧　啊,我只好听天由命了。

班沃略　怎么还不走?

(罗密欧下。)

(群众上。)

群　众　打死莫丘肖的人跑到哪里去了?泰波这个凶手逃到哪里去了?

班沃略　倒在地上的就是泰波。

群　众　那你得同我们去见王爷。

（王爷、蒙太古夫妇、卡普勒夫妇等人上。）

王　爷　闹事的人在哪里？

班沃略　啊，尊贵的王爷，我可以禀告这场祸事的经过：躺在地上的人是罗密欧打死的，因为他杀死了你的亲人，勇敢的莫丘肖。

卡普勒夫人　泰波，我的外甥，啊，我哥哥的儿子！啊，王爷！啊，外甥！我的夫君啊，流血的是我们的亲人！王爷，你是公正无私的，为了报我家的血仇，非要蒙太古家流血不可！啊，外甥啊，外甥！

王　爷　班沃略，这桩血案是谁动的手？

班沃略　泰波是罗密欧打死的，罗密欧劝他想一想，不要闹事，并且说了王爷的禁令；他是和气而又平静，弯腰并且屈膝说的，但压不住泰波的火气。泰波决不肯善罢甘休，一剑刺向莫丘肖胸膛，莫丘肖刀尖对剑锋，一手把剑挡开，一手反击泰波，泰波也闪开了。这时罗密欧高喊双方住手，话音未落，他那灵巧的武器就把他们两个分开了。但是泰波却在分开之后抽出剑来刺死没有防备的莫丘肖，然后就离开了，但又回转身来找罗密欧。罗密欧要报新仇旧恨，他们两个就雷鸣电击般地交起手来。我还来不及拔剑分开他们，顽强的泰波却砰然倒地，罗密欧也转身跑了。这就是事情的真相，如有不实之词，班沃略愿任凭王爷处置。

卡普勒夫人　他是蒙太古家的亲戚，感情有偏向，说话不算数。他们这伙黑帮二十几个人打一个，害了一个人的性命。恳求王爷主持公道，罗密欧打死了泰波，一定要他偿命。

王　爷　罗密欧打死了他，他打死了莫丘肖，谁来偿还莫丘肖的血债呢？

蒙太古　王爷，罗密欧没有罪，他是莫丘肖的好朋友，为朋友报仇是合情合法的，打死泰波不能算是罗密欧犯了罪。

王　爷　虽然他犯法是为了友情，
　　　　也要把他立刻驱逐出境。
　　　　你们两家结下深仇大恨，

但不应该殃及我的亲人。
我要给你们沉重的处罚,
使你们不敢再目无王法。
我不听任何请求和辩护,
眼泪和祈祷改不了错误。
因此要罗密欧赶快出境,
他若不走就会送掉性命。
把尸体抬走,快执行命令,
宽恕凶手,就是怂恿杀人。

(众下。)

第 三 幕

第二场
卡普勒家

（朱丽叶一人上。）

朱丽叶　快快飞奔吧，脚踏风火轮的太阳神。飞到西方乌云密布的黑甜乡，让深夜立刻取代白天吧！翻云覆雨的爱情之夜，放下你遮天蔽日的帷帐吧！不要让好奇的眼睛投下偷偷的一瞥，好让罗密欧耳不闻、目不睁地投入我的怀抱！情人们可以你欢我爱，显露他们的深情玉体。如果爱神是盲目的，那黑夜又能看见什么呢？来吧，彬彬有礼的良宵，你穿着严肃的黑色礼服，教我如何转败为胜，胜败难分，如漆似胶，难解难分吧！用你黑色的外套蒙住我未经雨露的羞颜,直等到陌生的情人变得熟悉,知道真正的爱情并不需要半推半就。来吧,来吧,罗密欧,你是黑夜中的白天,你躺在良宵很短的双翼上,就像乌鸦背上的白雪。来吧,温情脉脉、眉黑心红的良宵,把罗密欧给我吧。即使他死了,也要把他化为闪烁的星光,使黑夜的面目焕然一新,使全世界都沉醉在夜色中,而不留恋灿烂夺目的阳光。啊,我买下了爱情的大厦,但并没有占用,虽然我把自己和大厦都出卖了,但是我的爱情还没有人消受。这日子真长得叫人不耐烦,就像过节前一夜的孩子等过节穿新衣服一样。啊,奶妈来了。

(奶妈拿绳梯上。)

她有消息来了。谁一张嘴,只要说出了罗密欧的名字,那就是带来了天堂的福音。——啊,奶妈,有什么消息吗?你拿着的是什么?是罗密欧要你拿的绳子么?

奶　妈　哎,哎,是绳子。

(把绳梯扔地上。)

朱丽叶　哎，有什么消息？你为什么要扭手呀？

奶　妈　啊，这鬼日子！他死了，他死了，他死了！我们也完了，小姐，我们也完了。哎呀，该死的一天，他走了，死了，打死了。

朱丽叶　老天会这样狠心吗？

奶　妈　虽然老天爷不会，但是罗密欧会。啊，罗密欧，罗密欧，谁想得到居然是罗密欧！

朱丽叶　你怎么这样折磨我？这是只有阴森森的地狱里才会受到的折磨。罗密欧自杀了吗？如果你说声"是"，那"是"字带来的毒药比毒蛇毒死的"尸"体还多；如果你的回答是个"是"字，那我也不"是"我了。如果他死了，你就说声"是"；如果没有死，你就说声"没"。两个简单的字就可以决定我的痛苦或幸福了。

奶　妈　我看见了伤口，我亲眼看见的——老天莫怪我有眼睛！——这个可怜的血淋淋的尸体，一个男子汉的胸膛，却惨白得像死灰，浑身血污，我一看就晕倒了。

朱丽叶　啊，我的心要碎了。人都垮了，心还能不碎吗？眼睛也关到监狱里去吧，哪里还看得到自由啊？我这团泥土的化身，化为泥土恢复原形吧。为什么不停止一举一动，和罗密欧合成一座坟墓呢！

奶　妈　啊，泰波，泰波，我最好的朋友！啊，多斯文的泰波，一个客客气气的老实人，怎么搞的？我还活着，他却死了。

朱丽叶　怎么狂风暴雨又转了方向？罗密欧打死了，泰波也死了吗？一个是我的亲人，一个是我的情人啊！世界末日的喇叭，吹出你最强的悲音来吧。这两个人一死，还有什么人配活着呢？

奶　妈　泰波死了，罗密欧被赶走了；他打死了泰波，被驱逐出境了。

朱丽叶　啊，天呀，是罗密欧的手洒下了泰波的血？

奶　妈　是的，是的，简直是世界末日的血啊！

朱丽叶　啊，蛇一般的心肠，花一般的面貌！恶龙怎能盘踞神仙的洞府？美丽的外表，丑恶的内心，魔鬼长出了天使的翅膀，乌鸦披上了白鸽的羽毛。狼吞虎咽的羔羊。神圣的外衣掩盖着庸俗的本质，内外形成了鲜明的对比：一个下地狱的圣徒，一个升天堂的恶人！善良的本性怎么关进了黑暗的监牢？魔鬼的灵魂反倒渗入了美丽的肉体，进入了天堂的乐园？

装潢精美的图书怎么会有不堪入目的内容？啊，招摇撞骗怎能在堂皇富丽的宫殿里横冲直撞？

奶　妈　对什么都不能相信，人不老实，事不放心。赌咒发誓都不算数，一切落空，不像样子。啊，我的人呢？给我拿点救命的水来：这些伤心难过的痛苦要使我变老了。那都得怪罗密欧。

朱丽叶　你的舌头要长水泡了。这怎么能怪罗密欧呢？他敢毫无愧色地面对一切，冠冕堂皇地说东道西，我真该死，刚才不该错怪他了！

奶　妈　那个打死你表哥的人，你还要说他的好话吗？

朱丽叶　难道我该说我丈夫的坏话？啊，我可怜的丈夫。如果我这个做了你三个小时妻子的人都糟蹋你的名声，那还有哪张嘴巴会说你的好话呢？不过，坏蛋，你为什么要打死我的表哥？——但是那个坏蛋表哥要打死我的丈夫呀！糊涂的眼泪啊，流回你的眼睛里去吧；你的主流是悲哀的，但是你却错误地献出了喜悦的泪珠。幸亏我的丈夫活着，泰波本来要打死他啊；幸亏泰波死了，他本来要打死我的丈夫啊；两件都是好事，为什么要哭呢？不过坏事也是有的，比泰波的死还坏得多，几乎要吓死我了，我要忘记也忘不了。啊，它压在我的心上，就像罪恶缠着罪人的身心："泰波死了，罗密欧被驱逐出境了。"一个"出境"就打死了一万个泰波啊。泰波的死已经是件坏事，但是如果到此为止也就罢了，或者祸不单行，接着来的是父母双亡，那在哀悼之后，悲痛也会消失。偏偏接着泰波之死而来的，却是罗密欧被驱逐出境了；这一句话就等于说：父亲、母亲、泰波、罗密欧、朱丽叶都死光了，没有一个活的。这话带来的痛苦没完没了，无边无际，不可限量，不能穷尽，这一句话里包含的死亡是语言说不完的。——奶妈，我的爸爸和妈妈呢？

奶　妈　他们还在泰波的遗体旁边伤心落泪呢。你要去看看吗？我带你去。

朱丽叶　让他们为泰波的死亡而流泪，
　　　　我要为罗密欧的流亡而心碎。
　　　　收起绳梯吧——我们都没有用场，
　　　　因为罗密欧被放逐就要流亡。
　　　　他本来要用你进我们的新房，
　　　　哪想到我会做单身的新嫁娘？
　　　　来，奶妈，让绳梯陪我上合欢床。
　　　　让死亡来代替罗密欧做新郎。

奶　妈　赶快回到你的洞房，
　　　　我会替你去找新郎。
　　　　罗密欧在什么地方？
　　　　就在洛伦斯的教堂。

朱丽叶　啊，快去把这个戒指

交给我忠诚的勇士!
我们要在长别之前
做一次最后的会面。
(同下。)

第 三 幕

第三场

洛伦斯神甫修道室

（洛伦斯神甫与罗密欧上。）

洛伦斯神甫　罗密欧，出来吧，出来，胆战心惊的年轻人。痛苦已经和你结了缘，灾难成了你的终身伴侣了。

罗密欧　神甫，有什么消息？王爷定了我什么罪？什么苦难看上了我？我还不知道呢。

洛伦斯神甫　好孩子，你尝过了人生的酸甜苦辣，我来告诉你王爷的判决。

罗密欧　王爷的判决还不就是我的末日？

洛伦斯神甫　他宽大的胸怀做出了宽大的判决：不是死刑，而是流放。

罗密欧　哈，流放？请你宽大一点吧，还不如说死刑呢。流放的面貌更可怕，连死刑都相形见绌了，请你不要说流放吧。

洛伦斯神甫　你要流放出维罗纳了。不要害怕，外面的世界大得很呢。

罗密欧　维罗纳的城墙之外还有什么世界？只有炼狱，痛苦，简直就是地狱。所以流放就是赶出世界，就是死亡。流放和死亡是换汤不换药，把死亡叫作流放不过是用金斧子砍头，笑着看我归天而已。

洛伦斯神甫　啊，你本来是死罪！你怎么这样恩怨不分！你犯的罪根据法律要判死刑，但是仁慈的王爷看在你是仗义的分上，没有严格依法处理，而是把可怕的死刑改判为流放。这是法外开恩，你怎么看不出来呢？

罗密欧　这是痛苦折磨，不是开恩。哪里有朱丽叶，哪里就是天堂，即使是小猫小狗小老鼠，甚至微不足道的小东西，只要能见到朱丽叶，就是进了天堂，而罗密欧却见不到她了。连腐臭的苍蝇也比罗密欧活得更有意义，更加光辉灿烂，更加感情丰富。

它们可以接触朱丽叶抚摸过的痕迹，偷窃到她嘴唇留下的芳香，而她的嘴唇是如此纯洁，连上下唇互吻都会使她羞得满脸通红，仿佛犯了什么罪似的。但是我却不可饱享眼福，要流放到维罗纳之外去。你还能说流放不是死亡吗？——你有没有五毒俱全的药剂，磨得锋利的尖刀，或者其他速死的方法，而不用流放来杀死我？啊，神甫，大声疾呼，把"流放"打入地狱吧！你是神甫，灵魂的忏悔师，罪恶的赦免人，听我祈祷的好朋友，不要再用"流放"来折磨我了！

洛伦斯神甫　那么，痴心妄想的疯子，听我说一句吧。

罗密欧　啊，你还是要谈流放。

洛伦斯神甫　我要给你抵抗流放的盔甲，救苦救难、蜜如甘露的哲学，即使你流放了，哲学也可以抚慰你的心灵。

罗密欧　又是流放，吊死你的哲学！除非哲学能新生出一个朱丽叶，连根拔掉一个城市，彻底改变王爷的判决，否则，哲学有什么用？能帮我什么忙？不要说了！

洛伦斯神甫　啊，我看疯子是没有耳朵的。

罗密欧　连聪明人都没有眼睛，疯子要耳朵干什么呢？

洛伦斯神甫　那我还是来谈谈你的处境吧。

罗密欧　如果我感觉不到我的处境，那又从何谈起呢？你能和我一样热恋朱丽叶吗？我们结婚刚过一个钟头，我就打死了泰波。你能感到我的深情和流放的痛苦吗？如果你能，你才可以和我谈话，你才会像我一样乱扯头发，卧倒地上，仿佛要测量我还没修好的墓地一样啊。

（奶妈敲门。）

洛伦斯神甫　站起来吧，有人敲门了，好罗密欧，藏起来吧。

罗密欧　不必了，除非相思的呻吟能如云似雾一般笼罩我的全身，蒙蔽搜寻人的眼睛。

（敲门声）

洛伦斯神甫　听！他们敲得多急！——谁呀？——罗密欧，快起身，来抓你了。——等一

下！——站起来，

（敲门声）

快到书房里去！——等一下！——怎么这样糊涂？——来了来了！

（敲门声）

谁敲得这样急？你从哪里来的？有什么事呀？

奶　妈　（在门外）等我进来再告诉你，我是朱丽叶小姐要我来的。

洛伦斯神甫　那真欢迎。

奶　妈　啊，神圣的长老，啊，告诉我，神圣的长老，我小姐的心上人呢？罗密欧在哪里？

洛伦斯神甫　就卧倒在地上，喝眼泪喝得醉倒了。

奶　妈　啊，和我家小姐一样，一模一样。啊，可怜的相思病！难得减轻的痛苦！她也是这样躺着，边说边哭，边哭边说。站起来，站起来，你还算个男人呢，为了朱丽叶也该站起来。为什么要哭得缩成一团，像暴雨打过的梨花一样？

罗密欧　奶妈？

奶　妈　啊，小姐的如意郎君，如意不如意，到头来也是死。

罗密欧　你是说朱丽叶？她怎么样了？是不是以为我是个凶手？我们欢乐的青春是不是被她亲人的鲜血污染了？她现在在哪里？人怎么样？我亲蜜的新人对我们亲蜜的感情说了什么？

奶　妈　她什么也没有说，只是哭哭啼啼，卧倒床上，卧了又起，起了又卧，叫一声泰波，又哭一声罗密欧，然后又卧倒了。

罗密欧　好像我的名字是枪口射出的子弹，一下就击中了她，一下就打死了她的亲人。啊，神甫，请你告诉我：我的名字占据了我身体的哪个部分？我要把它一刀连根铲除！

洛伦斯神甫　住口！你还是个男子汉吗？你的外表说你是的，你的眼泪却说你的内心是个妇人，而你粗暴的言行更表明你是疯狂的野兽。相称的外表却有不相称的内心。还有更不相称的兽性。你真叫我吃惊。我神圣的职责使我了解了你的为人：你不是打死了泰波吗，为什么还要打死自己呢？你不知道这也是要打死和你同生死的新人，做出既害人又害自己的蠢事吗？你为什么怨天尤地，怪你出生的身世？难道你不晓得天、地、人，或者说灵、肉、身世三结合才有了你，这三者是一得全得，一失全失？你这样说话岂不是自取其辱，羞辱了你的外表、你的内心，还有你和新人的感情？去你的吧，去你的吧，你对不起你的一表人才、满腔热情和天生的聪明。你像一个放高利贷的财主，有钱不会用来做好事，配得上你的外表、内心和感情吗？你的外表只是一个蜡像，没有男子汉的勇气；你爱情的山盟海誓也是空话，你言而无信，破坏了你赌咒发誓要保护的感情；你的智慧美化了你的外表和内心，但却使你的行为走上了错误的道路，就像一个不会用炸药的新兵由于无知而炸断了自己的胳臂大腿。怎么啦？高兴起来吧！你本来要为朱丽叶而死，现在她却活着，这还不应该高兴吗？泰波本来要打死你，而你却反而打死了他，这还不应该高兴吗？法律规定杀人者死，但对情有可原的人从轻处理，把你的死罪改成了流放，难道这还不应该高兴吗？三大包高兴的事都落在你身上，不是你在追求好运，而是浓妆艳抹的好运在追求你，而你却像一个脾气古怪、不识好歹的少女，反而对你的好运、你的情人噘起了嘴巴。小心啊，机会不要错过，一去不会再来。后悔就来不及了。去，去找你的新人，这是天意不可违背。快到你的新房里去，安慰你的新人，注意不要待得太久，不要等到上岗的哨兵发现你还没有离境，你要赶快到曼多亚去，就在那里住下，等我们宣布了你们的婚事，使你们两家化敌为友，化仇为亲，再请求王爷特准你回国，那我们就会用比现在的痛苦多两百万倍的欢欣来迎接你回来。——

奶妈，你先回去告诉你家小姐，要她催全家早点安息，不要让悲痛伤了自己的身子。告诉小姐：罗密欧就要来了。

奶　妈　啊，天呀，我真愿意在这里待上整整一夜，听这些好主意啊。多么有学问！——新郎，我要回去告诉小姐，说你就要来了。

罗密欧　去吧，她对我的责备都是爱啊。

奶　妈　这是她要我给你的戒指，新郎；赶快去吧，时间已经很晚了。（下。）

罗密欧　我的希望又死里逃生了。

洛伦斯神甫　快去吧，夜里要小心。你现在的机会是：要么在哨兵上岗前出境，要么等天亮了再化装离开，暂时在曼多亚住下。我会找到你的仆人，要他随时告诉你这里发生的事情。我们分手吧，时间晚了。再见。

罗密欧　这是意想不到的好事在召唤我呢。坏事来得快，也去得快啊。再见吧。

（同下。）

第 三 幕

第四场

卡普勒家

（老卡普勒夫妇及巴里斯上。）

卡普勒　不幸的事情发生得这样意外。小伯爵,我们没时间去和小女商量了。你看,她同泰波表哥感情很好,我们也是一样。——不过,人生总是难免一死的。时间已经不早,她今夜不会下楼了。老实说,如果不是你来,我在一个钟头以前也就回卧房了。

巴里斯　沉痛的时间当然不便谈婚事,夫人,再见,请向令爱致意。

卡普勒夫人　明天一早,我会问明她的心意。今晚只好让沉痛陪她过夜了。

卡普勒　小伯爵，我要为小女的婚事做主了，我想她会听我的话。夫人，你就寝前去和她谈谈，告诉她巴里斯小伯爵向她求婚，听着，你要她星期三，等一等，今天是星期几呀？

巴里斯　星期一，大人。

卡普勒　星期一？那星期三恐怕太匆促了，就改成星期四吧。告诉她星期四和巴里斯小伯爵结婚。你来得及吗？是不是太匆促了？我们不必铺张，只请几个亲友。因为你知道，泰波刚刚去世，这点不能疏忽，他是我们的亲人，不能招致别人的非议，只请五六个至亲好友。你看星期四怎么样？

巴里斯　大人，我但愿明天就是星期四。

卡普勒　那你去吧，就定星期四了。——夫人，你睡前去看看朱丽叶，要她准备结婚。——再见，小伯爵。——啊，照亮我去卧房的过道。已经这样晚了，再过一会儿，我们就要说：已经这样早了。再见。

（同下。）

第 三 幕

第五场

卡普勒家果园楼台

（罗密欧与朱丽叶上。）

朱丽叶　你就要走了吗？天还没有亮呢。你听到的是夜莺，不是云雀，使你耳朵震惊的是夜莺的歌声，它每天晚上都在那边的石榴树上唱着恋歌，相信我吧，我的心上人，唱恋歌的是夜莺。

罗密欧　是破晓的云雀，不是夜莺。瞧，我的多情人，几缕晨光已经渗透了东方的浮云。黑夜的烛泪已经流尽，轻灵的晨曦不声不响地染白了云雾山头。我若要活，就得走了，若要留下，恐怕就活不了。

朱丽叶　那不是晨光，我知道，那只是太阳吐出的流星，作为你夜行去曼多亚途中的火把，所以你还可以留下，不用急着离开。

罗密欧　让人把我抓去，把我处死，只要你愿意，我有什么不心甘情愿的呢？我会说灰色的天空不是黎明的眼睛，只是月神眉目的回光返照。高唱入云、响彻云霄的不是云雀的歌声。

　　　　我愿意留下，并不想分离，
　　　　死也要合朱丽叶的心意。
　　　　我们来谈吧，白天还没来。

朱丽叶　　白天来了，你得赶快离开。
云雀唱歌怎么唱走了调？憋着嗓子粗声粗气，有时又尖得不讨人欢喜。人家说云雀的歌声甜蜜，怎么不在乎我们的死别生离？人家说云雀的眼睛像蛤蟆，在我听来，它的歌声倒像蛤蟆的叫声，吵得新婚的夫妇不得安息。

　　　　我仿佛听见猎人高呼，
　　　　催促猎狗去追捕猎物。

走吧,天似乎越来越亮。

罗密欧　天越亮,我们就越断肠。

　　　　(奶妈上。)

奶　妈　小姐!

朱丽叶　奶妈!

奶　妈　你的母亲要到你的卧房里来。

天要亮了,你要处处小心!

朱丽叶　我要开窗欢迎白天,让你离开。

罗密欧　最后一吻,永远留住深情!

朱丽叶　你就这样走了吗?情人,新郎,唉,丈夫,朋友,

我每天都要等你的消息,都在这个时候。

每一分钟对我而言都是几天。

这样一算,在再见到你之前,

我每一天就要过多少年?

罗密欧　再见,我不会错过任何机会

送上我的真情实意,使你心醉。

朱丽叶　啊,你看我们还能再见面吗?

罗密欧　今天的痛苦,我并不怀疑,

到了明天,就是甜蜜的回忆。

朱丽叶　啊，天呀，我的预兆不祥，

　　　　看见你站在阳台下面，

　　　　像墓园里的幽灵一样，

　　　　是我眼花，还是你愁容满脸？

罗密欧　相信我吧，多情人，我们只看见悲哀，

　　　　痛苦吸干了我们的血，只剩下了形骸。

　　　　别了，别了！（下。）

朱丽叶　命运啊，命运，大家都说你变化无常。如果你真千变万化，如何对待一个忠诚不变的人呀？命运啊，那你就变吧，希望你对他不要严酷，而要宽大，不要苦苦缠住他，把他还给我吧。

（卡普勒夫人到阳台下。）

卡普勒夫人　喂，女儿，你起来了没有？

朱丽叶　谁在叫我？是母亲吗？她是这么晚还没有睡，还是这么早就到我这里来了？什么事使她改变了常规，把她送到这里来的？

（朱丽叶下楼。）

卡普勒夫人　怎么了，朱丽叶？

朱丽叶　母亲，我不舒服。

卡普勒夫人　还在为你表哥的死而伤心吗？唉，你能用眼泪把他从坟墓里哭出来吗？即使能够，你也无法起死回生呀；所以，不要再伤心了。适度的伤心表明了你的感情，过度的悲痛就说明不够聪明了。

朱丽叶　但是我也不能不为感情上的悲痛而流泪呀。

卡普勒夫人　你能感到损失，死者已经不能感到，那还哭什么呢？

朱丽叶　损失这么大，我怎能不悲痛呢？

卡普勒夫人　女儿，使你悲痛的不该是你表哥，而该是打死你表哥的坏人。

朱丽叶　哪个坏人呀，母亲？

卡普勒夫人　就是罗密欧那个坏蛋。

朱丽叶　（旁白）他和坏蛋可是相差十万八千里啊！——上帝原谅他吧！我的心是能宽待人的，但是他实在使我太伤心了。

卡普勒夫人　那是因为他还活着。

朱丽叶　唉，母亲，只要我力所能及，我愿能为表哥报仇。

卡普勒夫人　我们会报仇的，你不用担心，也不要哭了。我会派人去曼多亚那个坏人住的地方，用一种闻所未闻的毒药送他去和泰波做伴，那时，我想你也可以满意了。

朱丽叶　罗密欧怎能令人满意呢？除非我看见他——死了——才能不为表哥伤心啊。母亲，如果有人去送毒药，我倒愿意调配一下，让罗密欧一吃药就安眠了。啊，我心里多么讨厌这个名字，但却见不到这个人，不能对他下手，为表哥报仇。

卡普勒夫人　你去想你的调配吧，我会找人去的。不过，女儿，我现在要告诉你一个好消息。

朱丽叶　好消息来得正是时候，请母亲大人告诉我吧。

卡普勒夫人　那好，那好，你父亲真会体贴孩子。为了使你摆脱沉痛的心情，他忽然选定了一个好日子，做一件你想都想不到，连我也没想到的好事。

朱丽叶　母亲，好事定在什么时候？

卡普勒夫人　哈，哈，孩子，星期四早上，那个年轻英俊而又高贵的巴里斯小伯爵就要在圣彼得教堂娶你做他快活的新娘子了。

朱丽叶　圣彼得教堂吗？圣彼得在上，我怎能做他的新娘呢？怎能这样匆忙？他还没来求婚，我怎么就能出嫁？母亲，求你告诉父亲大人：我还不能结婚，即使我能，我也宁愿嫁罗密欧。虽然你知道我不喜欢他，但也不能嫁巴里斯呀。这的确太意外了。

卡普勒夫人　你的父亲来了，你自己对他说吧，看他怎样对你。

（卡普勒及奶妈上。）

卡普勒　夕阳西下，地上会有露水，但是你的表哥一死，你却下了一场大雨。怎么啦？这合乎规矩吗？你还在流眼泪？雨怎么下个不停？你这个小小的身子怎么容得下一片汪洋大海，让一只小船在海上的狂风暴雨中翻来覆去？你的眼睛里也有海水涨落？你的身体就是在大海的苦水中漂泊的一只小船，大风就是你的叹息，你眼泪和叹息的风雨交加，一刻不停，风雨飘摇中的身体如何吃得消？怎么了，夫人？我们的决定告诉女儿了吗？

卡普勒夫人　唉，大人，她不同意，只说谢谢。我看这个小傻瓜要嫁给墓中人了。

卡普勒　慢点，你这是什么意思？什么意思，夫人？怎么，她不同意？她不是感谢我们吗？难道这还不合她的心意？真是得福不知感，值不得花工夫为她找一个这么好的新郎！

朱丽叶　他不合我的意，但我还是感激，我不喜欢的人怎能合意？但是你们爱我才选了他，所以我还是感激。

卡普勒　什么？什么？毫无道理！什么不合意又感激，感激的并不合意？你这傻丫头，不管你感激还是合意，我星期四都要把你拉到教堂的十字架前去。去吧，你这不识好歹的蠢东西。去吧，你这贱货，这不要脸的！

卡普勒夫人　怎么这样说话？你疯了吗？

朱丽叶　好父亲，我跪下来求你了，请你耐心听我说一句，好不好？

卡普勒　去上吊吧，小蠢货，不听话的死丫头！我要告诉你：星期四到教堂去，要不去，以后就不要见我的面。不要说了，不要回嘴。不用回答，我正手痒呢。夫人，我们从前总怪自己没有福气,上天只给我们这样一个女儿,现在看来,这一个女儿都是多余的了。我们真倒霉,怎么生了这样的一个丫头,滚吧,不中用的东西!

奶　妈　老天保佑小姐!老爷这样就不对了,怎么能这样说自己的女儿呢!

卡普勒　怎么啦,聪明的老太婆,到别处去耍你的贫嘴吧,少管闲事,不要惹我生气。去你的吧。

奶　妈　我又没有得罪你呀。

卡普勒　老天在上,让她走吧。

奶　妈　我就不能说一句吗?

卡普勒　不要说了,你这个嘀嘀咕咕的蠢货,对吃饱了没事干的人去说你的正经话吧,这里还用不着你多嘴。

卡普勒夫人　你太急躁了。

卡普勒　上帝都会气得不用圣餐的,我怎能不气疯了呢?日日夜夜,时时刻刻,有事没事,一个人也好,大伙人也好,我想到的总是找一个配得上她的丈夫,现在好不容易找到了一个王爷的亲人，家世再好也没有了，年纪又轻，大家都夸他名不虚传，大有作为，不料却碰到了一个不识货的玩偶，对送上门来的好运气却胡说什么："我不结婚，我不喜欢，我还年轻，求你原谅。"如果你不结婚，我会原谅你，让你愿意到哪块草地上吃草，就到哪块草地上去。这个家是容不下你的了。听着，好好想想，我不是说来开玩笑的。星期四快到了，你要扪心自问：如果你还是我的女儿，我就要把你嫁给这个好人，要是你不愿意，那就去上吊吧，去乞讨吧，即使饿死在街头，我用灵魂起誓，我也不认你这个女儿了，你也休想占家里的一点便宜。相信我说的话！好好想想，我是说了算数，决不会改口的。（下。）

朱丽叶　高坐云霄、看透了我心底悲哀的天神啊，难道你就一点也不同情我吗？啊，我的好母亲，不要抛弃我吧！把婚事推迟一个月，哪怕是一个星期也好，若是你不答应，那就用泰波安息的那个阴暗的坟墓做我的新房吧！

卡普勒夫人　不要和我讲了，我不会为你说话的，我实在也拿你没有办法了。（下。）

朱丽叶　啊，天呀！——啊，奶妈，这事怎么办好？我的丈夫还在人间，我们的结合已经对天发誓；如果要取消人间的婚约，那就要丈夫去天上把婚约取回。想个办法帮帮我吧。哎呀，哎呀，老天怎么这样为难一个我这样的弱女子？你说怎么办好？难道你就没有什么好法子来帮帮我吗，奶妈？

奶　　妈　说实话，法子是有的。罗密欧已经流放了。他在世上也没有什么办法可以回来做你的丈夫，要来也只好偷偷地来。既然事情已经这样，我看你最好就嫁给这个小伯爵吧，他是一个婚宴上的王孙公子。而罗密欧只不过是一块餐巾而已。小姐，他有一双雄鹰也没有的尖锐犀利的碧眼金睛，他夺目的光彩使人会睁开心眼。我看你这一次可以选择的比上一次的好。即使不如上一次，但是上一次的已经完了，没有死也等于死了，反正你也用不上他了。

朱丽叶　你这说的是真心话?

奶　妈　这是真心实意的话,说假话的会天诛地灭。

朱丽叶　阿门。

奶　妈　怎么啦?

朱丽叶　你已经使我得到了意想不到的好处。你去吧,告诉母亲:我得罪了父亲,要到洛伦斯神甫那里去做忏悔,请求赎罪了。

奶　妈　好,我这就去,你这样做才对了。(下。)

朱丽叶　罪过,罪过!啊,真是魔鬼心肠!要我说话发誓都不算数,或者是用一张说过他无数好话的嘴去说他的坏话,这两种罪过哪一种更大呢?去你的吧,我的知心人,我们的心怎么距离越来越远了。

　　　　我要去找神甫想想法子,

　　　　万一不行,我还可以去死。

(下。)

第 四 幕

第一场

洛伦斯神甫修道室

（洛伦斯神甫及巴里斯上。）

洛伦斯神甫　星期四吗，伯爵？时间太匆促了。

巴里斯　这是我岳父卡普勒的意思，既然他急于玉成这件好事，我当然不必推辞了。

洛伦斯神甫　你不是说你还不了解小姐的心意吗？那这样快恐怕不容易办得好，我希望不要这样急。

巴里斯　小姐为她表哥泰波的死哭得很伤心，所以我也不便和她谈情说爱，因为在一个眼泪汪汪的家庭里，爱神怎么可能露得出笑容来呢？所以，神甫，她的父亲觉得不安，不能让她这样过分听任悲伤摆布，于是他计上心来，就要我们尽快结婚，免得她的眼泪流成洪水。如果她的心事一直挂在她的表哥身上，她自己一个人是很难做到不流泪的，如果她身边有个知心人，那事情就要好办得多了；现在，你明白了我们为什么要急于求成的缘故吧。

洛伦斯神甫　我倒更愿意知道：这场婚事为什么不能够推迟呢？——瞧，伯爵，小姐到教堂来了。

（朱丽叶上。）

巴里斯　幸会了，小姐，不，我的夫人。

朱丽叶　伯爵，那要等小姐成了夫人才能这样称呼。

巴里斯　亲爱的，一到星期四，小姐就一定成为夫人了。

朱丽叶　不是一定，而是应该。

洛伦斯神甫　这才合乎规定。

巴里斯　你是来找神甫做忏悔的吗？

朱丽叶　要回答这个问题，不是要我先向你做忏悔吗？

巴里斯　不必在他面前否认你爱我。

朱丽叶　我要老实告诉你：我爱的是他。

巴里斯　我敢肯定，你将来会说：你爱的是我。

朱丽叶　如果是那样，我也只会背地里说，不会当面讲的。

巴里斯　可怜人，眼泪已经损坏了你的面容了。

朱丽叶　那眼泪并没有占到什么便宜。它损坏不了伤心人难看的面孔。

巴里斯　你这样说，那比眼泪对你面孔的损害还要大了。

朱丽叶　这不是损坏，伯爵，这是实话实说，当面说的。

巴里斯　你的面孔也是我的，你不能损坏它。

朱丽叶　也许是吧，因为它并不是我的。——神甫，你现在有空吗？要不要我晚祷时再来做忏悔？

洛伦斯神甫　我现在有空，考虑周到的好小姐。——伯爵，我们不得不请你回避一下了。

巴里斯　上帝也不允许我耽误你们进行忏悔的时间。朱丽叶，我星期四一早就会来叫醒你的，再见，请接受我神圣的一吻。（吻朱丽叶的脸或手后下。）

朱丽叶　啊，请关上门，为我同声一哭吧，没有希望了，不必白费工夫，吃力不讨好吧。

洛伦斯神甫　啊，朱丽叶，我知道你的痛苦，可是我也无能为力，没有办法阻挡星期四到来，只好看着你和这位小伯爵结婚了。

朱丽叶　不要告诉我你知道了什么，我只想知道有没有挽救的办法；如果你也无能为力，那只要你不反对我的主意，我就要一刀子解决问题。上帝把我和罗密欧的心结合在一起，你又使我们手挽手签下了山盟海誓，如果我们签过字的手又去另结新缘，或者要我背叛我的心去喜新厌旧，那我一刀就可以断绝心和手的念头。因此，请根据你丰富的经验，提出宝贵的意见；否则，你看，在这两难的处境下，我只好请这把饮血的快刀来做见证，来解决你年深月久的经验都不能解决的难题了。不必考虑太多，我不怕死，如果你找不到挽救的办法，我是不惜牺牲自己的。

洛伦斯神甫　且慢，孩子，我看还有一线希望，不过做起来就像在拿生命玩游戏似的，这也是为了不让小伯爵拿你的生命做游戏。如果你为

  了不嫁小伯爵不惜牺牲自己的性命,那不妨用一个假死的方法来逃脱这场强迫的婚事。如果你敢试一下,我倒有一个可以挽救的办法。

朱丽叶 啊,只要不和巴里斯结婚,你就要我跳楼或者跳下城墙我都不怕,我敢走进盗贼横行的街道,钻进蛇洞,和咆哮的大熊锁在一起,在深更半夜和死人做伴,把我关在白骨堆里,周围是发臭的大腿,没有下巴的骷髅,或者把我和死人一同埋进一座新坟——以前只要提到这些事都会吓得我浑身发抖——现在我却敢作敢当,既不害怕,也不犹豫,只要能为我亲密的多情人做一个白璧无瑕的妻子就行了。

洛伦斯神甫 那么,拿住。赶快高高兴兴地回去,答应和巴里斯结婚。明天就是星期三,记住,明天夜里你要一个人睡,不要让奶妈睡在你的房间里;等到你上了床,就喝这瓶药水,你一喝完,药水立刻会渗入你全身的血管,使你觉得浑身冰凉,昏昏欲睡,脉搏也慢慢停止。体温下降了，呼吸停止了，似乎说明你已经离开了人世，你脸上和嘴唇上的玫瑰色也变成煤灰一样的惨白，你的眼睛像紧闭的窗户，似乎死神已经结束了你的生命，身体的各个部分一点都不能活动，看起来冷冰冰、硬邦邦、静悄悄的，就像死了一样。在这种借来的死亡外貌之下，你要静静地躺上四十二个钟头，然后再像从愉快的睡梦中醒了过来一样。但是你的新郎巴里斯一早来唤醒你的时候，却发现你已经死了；根据我们这地方的习俗，会给你穿上最好的衣服，躺在不加棺盖的殡床上，抬到你们古老家族的墓地去，那是卡普勒家族列祖列宗葬身之地。而在你醒来之前，我会写信把我们的谋划告诉罗密欧，要他赶快到墓地来。他和我会守着你，等你苏醒，然后就在那天夜里，罗密欧会把你带到曼多亚去，这样就可以使你摆脱强加给你的一场婚事。但是你千万不可让三心二意或胆小怕事的女人气干扰你干这件事的勇气啊。

朱丽叶　快把药瓶给我,快点给我,不必枉然担心了。

洛伦斯神甫　拿住!

（朱丽叶接药瓶。）

快回去吧,要坚定,要有决心,事情会顺利的。

我会要人送信去曼多亚给你丈夫。

朱丽叶　爱情会给我力量,力量会给我帮助。

再见吧,亲爱的神甫。

（同下。）

第 四 幕

第二场

卡普勒家

（卡普勒夫妇、奶妈及侍仆二三人上。）

卡普勒　请帖上的客人都要请到。——（侍仆甲下。）伙计，你去雇二十个手艺好的厨子来。

侍仆乙　来卡府的厨子都不会坏，因为我只挑爱舔手指头的。

卡普勒　你怎么知道厨子好不好呢？

侍仆乙　老爷，一个不舔手指头的厨子，说明他的手指没有沾上美味，这种厨子我是不会雇用的。

卡普勒　那你就去雇来吧。

（侍仆乙下。）

|||我们这次可还没准备好呢。怎么,我女儿到洛伦斯神甫那里去了?

奶　妈　是的,老爷。

卡普勒　那好,说不定他会对我这个自以为是的犟丫头起点好作用呢。

（朱丽叶上。）

奶　妈　瞧,小姐做完忏悔,高高兴兴地回来了。

卡普勒　怎么了,我的犟丫头,你到哪里逛荡去了?

朱丽叶　我做忏悔赎罪去了,我不该不听你的话,不照你说的做,洛伦斯神甫要我跪下来求你恕罪。宽恕我吧,求求你了,从今以后我不敢再不听话了。

卡普勒　把小伯爵请来,或者去告诉他这个消息:我明天早上要把他们两个结合在一起。

朱丽叶　我在洛伦斯的教堂里见到了小伯爵,并且对他表示了适当的感情,没有一点不合乎规矩。

卡普勒　那我高兴了,这才像话嘛。——不要跪了,你这才做得对,我要去看小伯爵,不,去把他请来。老天在上,这个好神甫真值得我们全城敬仰。

朱丽叶　奶妈，你同我回房间去找出那些首饰来，那些你认为我明天打扮时用得着的首饰。

卡普勒夫人　不用忙，星期四再找吧，有的是时间哩。

卡普勒　去吧，奶妈，你同她去。明天我们要上教堂了。

（朱丽叶同奶妈下。）

卡普勒夫人　我怕明天准备得还不够呢，现在又已经晚了。

卡普勒　不要紧，我来管，一切都会准备好的，太太，有我包了；你陪朱丽叶去，把她打扮起来。我的事不用你管，今夜我会忙得不睡觉的。我也要做一回管家婆了。喂，怎么啦？用人都出动了，那好，我自己去找巴里斯小伯爵，要他准备好办明天的喜事。我心里特别轻松，因为这个自以为是的女儿居然肯听话了。

（夫妇同下。）

第四幕

第三场

卡普勒府朱丽叶室

（朱丽叶同奶妈上。）

朱丽叶　啊，这些衣服选得好极了，谢谢你，奶妈，现在你可以走了，我今夜要一个人做祈祷，感谢上天给我的恩惠，赦免了我的过失，这一点你知道，我犯过多少错误，做过多少不对的事啊。

（卡普勒夫人上。）

卡普勒夫人　怎么，你们还没完吗？嗬，要不要我帮忙？

朱丽叶　不用了，母亲，明天婚礼上用得着的东西都找出来了，所以今晚请你让我自在一夜，让奶妈陪你去忙吧。我知道你手头的事多,这场婚事来得太突然了。

卡普勒夫人　那你早点上床,好好歇一夜吧。再见。

（同奶妈下。）

朱丽叶　再见!天晓得我们什么时候能再见呢。我感到一阵阴冷的恐惧刺透了我的血管,几乎使生命之火都要冻结了。还是把她们叫回来做伴吧。——奶妈!——不行,她回来了怎么办?这场可怕的假死只能有我一个人在场。来吧,药瓶!万一药水不起作用怎么办?那我明天早上不是要结婚吗?（拿出刀来。）不怕,不怕,还有刀呢。——还是躺下吧。——万一药水是毒药怎么办?神甫会不会用心计把我毒死?因为他上次已经把我和罗密欧结合了,这次又让我再婚,岂不违反了上帝的意旨?我不能不提防这一手。不过再想一想,他决不会的,因为他是一个久经考验的神甫。那么,如果我躺在墓室中醒过来的时候,万一罗密欧还没有赶来救我,那怎么办?那就真可怕了。我会不会在墓室中窒息？等不到罗密欧来，那坟墓吐出的恶浊气息就使我停止了呼吸？即使我能活下来，那死亡和黑夜可怕的景象加上墓地的恐怖。——在一个古老的墓室里堆放着几百年来祖先的白骨，还有新入土的血淋淋的泰波正在尸衣中腐烂，据说到了夜里某个时辰，鬼魂都会出现。——哎呀，哎呀，要是我醒得太早，闻到这恶毒的臭味，听到天崩地裂的凄惨声音，连生气勃勃的活人听了都会吓得发疯。——啊，要是我一醒来就看到这些可憎可怖的景象，难道我不会吓得发疯，甚至捡起一根祖宗的枯骨，来当作武器挥舞，或者把泰波从他的尸衣中拖出来，或者发了疯似的用枯骨敲碎自己的脑袋？啊，瞧，我看见表哥的阴魂正在寻找罗密欧要报一剑的血仇。住手，泰波！罗密欧，罗密欧，罗密欧！喝干一杯吧！这是等你来喝的。

（喝药水后，倒在幕内床上。）

第 四 幕

第四场

卡普勒家

（卡普勒夫人及奶妈上。）

卡普勒夫人　这些钥匙交给你了,去,奶妈,多拿点香料来。

奶　妈　糕点师傅要枣子和榅梨。

（卡普勒上。）

卡普勒　忙吧,忙吧,忙吧! 鸡都叫两遍了,晚钟也敲过了。已经过了三点,快去看看烤肉怎么样了。好个安琪卡,不要舍不得花钱。

奶　妈　去吧,不用你管,去吧,你去睡吧,一夜不睡,明天又要病了。

卡普勒　不会,保证不会。怎么,老实说,以前为了不这么重要的事,我都一夜不睡,也没有生病呢。
卡普勒夫人　你从前夜里偷鸡摸狗,我现在可不能还让你胡搞。
（卡普勒夫人同奶妈下。）
卡普勒　怎么还沾酸吃醋,还醋溜溜的呀!——
（三四个仆人抱着烤肉铁扦、木柴、提篮等上。）
好家伙,抱这些东西干什么?
仆　人　老爷,这是厨房要的,我们也不知道干什么用。
卡普勒　快去,快去。
（三仆人下。）
（对第四个仆人）伙计,要干木柴,去问彼得,他知道干柴在哪里。
仆　人　老爷,我们有眼睛,会找到干柴的,用不着麻烦彼得了。
卡普勒　好家伙,说得不错,你这个小杂种,哈,你可以做木柴总管。
（仆人下。）

老天爷，天已经亮了。

（音乐声）

乐声一起，小伯爵就要到了，这是他自己说的，我一听就知道他要来了。——奶妈！太太！怎么啦，嗨。怎么啦，奶妈，我叫人来！

（奶妈上。）

快去叫醒朱丽叶，给她打扮起来。我要去接巴里斯，和他谈谈。去吧，新郎已经到了。赶快，我说。（下。）

奶　妈　（走到床边。）小姐，怎么了，小姐？朱丽叶！——睡死了？我看准是，她——怎么啦，小羔羊，怎么啦，小姐！睡你的吧，你这个懒丫头！怎么了，亲爱的，我叫你呢，甜蜜的小姐，怎么啦，新娘子！怎么一句话也不说？一分钟也舍不得少睡？那你就睡上一个星期吧。今天夜里，我敢担保，巴里斯小伯爵会好好收拾你，不让你安生的。上帝宽恕我，圣母玛利亚在上，阿门。——她怎么睡得这样熟？我得叫醒她了。小姐，小姐,小姐!——哎呀,等小伯爵来床上对付你吧,他会吓得你跳起来的。他不会么?怎么,已经打扮好了?穿着衣服怎么又躺在床上?我只好叫醒你了。小姐,小姐,小姐!——哎呀,哎呀,救人,救人啦!小姐死了!啊,该死的日子,我还活着干吗!来点救命的酒,喵!老爷!太太!

(卡普勒夫人上。)

卡普勒夫人 喊什么?

奶　妈 该死的日子!

卡普勒夫人 出了什么事?

奶　妈 你瞧,你瞧!啊,悲哀的日子!

卡普勒夫人 啊,天呀!啊,天呀!我的孩子,我的命根子,活过来吧,瞧瞧我吧,要不,我也跟你一起死了!救人啦,救人!快来救人!

(卡普勒上。)

卡普勒 叫什么?真丢人!叫朱丽叶出来,新郎来了。

奶　妈 她死了,死了,该死的日子!

卡普勒夫人 该死的日子,她死了,死了,死了!

卡普勒　怎么？让我看看。哎呀，她全身都冷了，血也不流通了，手脚都僵硬了，生命早已离开了她的嘴唇；死亡像秋霜一样却在春天降落到大地的鲜花上。

奶　妈　啊，悲惨的一天！

卡普勒夫人　啊，不幸的时刻！

卡普勒　死神啊，你夺走了她的生命，使我悲伤痛苦，闭口结舌，连话也说不出了。

（洛伦斯神甫同小伯爵上。）

洛伦斯神甫　来，新娘准备好了上教堂吗？

卡普勒　准备好了去，但是永远也回不来了！——啊，我的女婿，在你结婚的前夜，死亡夺走了你的新人；她现在躺在床上，像朵鲜花受到了死神的摧残。死神成了我的女婿，他就是我的继承人，他和我女儿成了亲，我只好死了，把一切都遗交给他，生命财产，一切都是他的了。

巴里斯　我一直盼望着今天，却想不到今天是这副面孔。

卡普勒夫人　该死的可怕又可恨的日子，在生命的旅程中最不幸的时刻，一个可怜又可爱的孩子，讨人喜欢而又善解人意的女儿，残酷的死神却把她活生生地从我眼前夺走了。

奶　妈　痛苦啊！痛苦、痛苦、痛苦的日子啊！这是我见过的最可悲的、最痛苦的日子！啊，这一天、这一天，最可恨的一天！从来没见过这样黑暗的一天；啊，痛苦的一天，痛苦的一天啊！

巴里斯　上当了，受骗了，拆散了，分开了，受害了，送命了！最可恶的死神，你欺骗了我们，你残酷的手推翻了我们的一切！爱情啊，生命啊，爱情一死，哪里还有生命？

卡普勒　丢脸了，吃苦了，恨透了，牺牲了，结果却是一死！无可挽救的时刻，为什么偏偏现在来到，来拆散我们庄严的婚礼？你死了！唉，我的孩子死了，你一死，我们的欢乐也成空了。

洛伦斯神甫　安静一点，啊，你们不害羞吗？你们能以乱治乱吗？天从人愿，你们才有了这个好女儿，现在她归天了，这对你们的女儿不是大好事吗？你们占有的女儿不能不死；上天占有了你们的女儿，她却可以得到永生。你们寻求的不也是她的永生吗？现在她要进入天堂，那么，看见她升上云霄，你们为什么要哭呢？难道你们疯了，不愿她去极乐世界吗？白头到老的婚姻不一定幸福，新婚却能升入天堂，那不是天作之合吗？擦干你们的眼泪，用玫瑰艾菊花来打扮她升天的肉体，按照习俗，给她穿上最好的衣服，送去教堂。虽然天性难免悲伤，但是顺应天理，眼泪却该是欢乐的。

卡普勒　喜事成了丧事，乐器也要奏出丧钟的哀歌，婚宴要变成哀悼的酒席，圣歌也要发出悲音，新娘手捧的鲜花要用来殉葬，一切都要反其道而行之了。

洛伦斯神甫　大人，请进去吧，夫人，请你陪着大人。大家都去吧。巴里斯伯爵，要大家把小姐打扮好，送到墓地里去。这是上天对你们的警告，你们不要自以为是，表现得目无上苍了。

（众下，奶妈独留。）

（众乐师上。）

乐师甲　天哪，我看我们也可以收拾乐器走了。

奶　妈　好师傅，收拾吧，收拾吧，这不是吉利的时刻可以奏乐啊。（下。）

乐师甲　唉，说实话，就没有补救的余地么？

（彼得上。）

彼　得　乐师，啊，乐师，"放心"，"放心"。啊，如果你们要我活下去，那就奏一曲"放心"吧。

乐师甲　为什么要放心呢？

彼　得　啊，乐师，因为我不开心，所以请你们奏一点开心的哀歌。

乐师甲　哪有开心的哀歌？现在也不是奏乐的时候。

彼　得　这样说，你不奏乐了？

乐师甲　不奏。

彼　得　那我可有好话给你听。

乐师甲　你拿得出什么好东西？

彼　得　我只拿得出一个玩笑，拿不出钱来给你们了。我要叫你们作卖唱的乞丐。

乐师甲　那我也要叫你听使唤的"奴才"。

彼　得　那我就会把奴才的刀子架在你头上，我会把"乞丐"从低音唱到高音。你听到没有？

乐师甲　如果你从低唱到高，我就叫你从高摔到低。

乐师乙　收起你的刀子，用用你的脑子，再来较量较量吧。

彼　得　好，那我就用铁脑钢刀、唇枪舌剑来和你见个高低，有本领的就来回答：

　　　　　痛苦悲哀伤了心，

　　　　　银声音乐来送命。

　　　为什么说"银声"？为什么音乐有银声，西蒙？

乐师甲　天呀，因为银子声音好听。

彼　得　胡说。你看呢，雷北克？

乐师乙　因为乐师要赚银子。

彼　得　空话。你怎么说，詹姆斯？

乐师丙　老实讲，我不知道怎样说好。

彼　得　啊，对不起，你只会唱，不会说，那我就来替你说了吧。音乐发出银子的声音，是因为乐师赚不到金子，只好把丁零当啷响的音乐当作银子的声音来画饼充饥了。（下。）

乐师甲　这狗嘴里说不出好话来的奴才!

乐师乙　该吊死他。杰克,我们进去吧,等吊客来了还要奏乐,用了餐再走吧。

　　　　(众下。)

第五幕

第一场

曼多亚

（罗密欧上。）

罗密欧　如果我能相信好梦摇身一变就会成为现实，那我睡眠中的幻觉预告好消息就要来临。我心灵的主宰如梦似幻地高坐在宝位上，使我轻松愉快地离开了地面。我梦见我的情人来到，发现我已经离开了人间。——说也奇怪，离世的人还能思想。——她就吻了我的嘴唇，使生命进入了我的肉体，我又起死回生，并且成了一个君王。哎呀，爱情的幻影已经如此令人如醉如痴，那真实的爱情多么美妙，简直令人难以想象了！

（罗密欧的仆人巴沙扎上。）

维罗纳有消息来了！——怎么样，巴沙扎？有没有给神甫带信来？我的多情人怎样了？我的父亲好吗？我亲爱的朱丽叶怎么样了？我要一问再问，因为只要她好，什么事也坏不了。

巴沙扎　如果世界上没有什么坏事，那她可以算是好了：可是她的身子已经长眠在卡普勒家族的墓碑后面，而她的灵魂却可以和天使一样永生了。我亲眼看见她葬入她家族的拱顶墓室，就立刻来告诉你。啊，请宽恕我给你带来的坏消息，少爷，这是你临走前交代我一定要照办的事。

罗密欧　居然有这种事？天上的星宿啊，你们还有什么值得相信的呢？——你知道我住的地方，快给我把纸和墨水拿来，还要给我去雇两匹快马，我今夜就要动身回去。

巴沙扎　我求求你了，少爷，忍耐一点吧。你的脸色惨白，好像要发疯了，这可是预兆不祥啊。

罗密欧　去你的吧，你看错了；不要管我，快去做我要你做的事。神甫没有要你带信来？
巴沙扎　没有，我的好少爷。
罗密欧　那不要紧，你快去吧，要租好两匹马，我马上就会去找你。

（巴沙扎下。）

那好，朱丽叶，我们今夜又可以重温美梦了，让我来想个法子。啊，歪门邪道，对于舍命追随的人，是不会拒之于门外的！我想起了一个卖草药的人，他就住在附近，穿得破破烂烂，双眉紧锁，在那儿挑拣草药，看起来穷得只剩下皮包骨头。铺子的门面上挂了一只乌龟壳，一个塞了草的鳄鱼骨架，还有各种奇形怪状的鱼皮，药架上七零八落地摆着几个空盒子，绿色的土罐子，药囊里装着发霉的种子，包扎用剩的麻绳，准备压榨成香料的干玫瑰花瓣，都成了药铺门面的装饰品。看到这样的败落我心里想：如果一个人要买曼多亚禁止买卖的毒药，那只有穷到了这个地步才肯冒生命的危险来卖毒药的。这只是一闪而过的念头，没想到还真用得上这样的卖药人了。我记得他就住在这里。不过今天是假日，药店关了门。喂，店老板！

（卖药人上。）

卖药人　谁叫得这样急？

罗密欧　啊，老板，我看你缺钱吧。这里是给你的四十个金币。你能给我一服毒药，一吃就会全身发毒，这个厌世的人就会像中了炮弹一样，立刻送命吗？

卖药人　毒药倒是有的，不过曼多亚不许卖毒药，犯了法是要处死的。

罗密欧　你这样穷得一无所有还怕死吗？你面有饥色，眼露苦相，背负重压，世界和法律对你毫无善意，法律不会使你发财。那你为什么还要服从法律来做穷光蛋，而不抛开法律来攒钱呢？

卖药人　我的良心不想卖毒药，但贫穷又逼得我卖。

罗密欧　我的钱是救济有良心的穷人的。

卖药人　把这药和水喝，有二十条命也会一笔勾销。

罗密欧　这是给你的金子，其实金子是比毒药还更毒的货色，在这个污浊的世界上，金子毒害的人比毒药要多得多。其实，我贩的毒比你多。——再见吧，拿钱去买吃的，吃得长点肉吧。

亲密无毒的毒药，同我走吧。

见到朱丽叶，我再把你吞下。

（分别下。）

第 五 幕

第二场

洛伦斯神甫修道室

（约翰神甫上。）

约翰神甫　圣方济各会道兄，嗨。

（洛伦斯神甫上。）

洛伦斯神甫　听声音像是约翰神甫。——欢迎你从曼多亚回来了。罗密欧怎么说？如果他说的话写在信里，那就把信给我吧。

约翰神甫　我去找一个苦行修道士同行，他正在探视病人。城里的检查人员怀疑病人得了瘟疫，锁上门不让我们出来，所以我没法去曼多亚。

洛伦斯神甫　那谁为我送信给罗密欧呢？

约翰神甫　我没去送信——信还在这里。——也找不到人带信给你,因为大家都怕瘟疫会传染。

洛伦斯神甫　真糟糕!这封信不是小事,非常重要。没有送到可能会有危险,约翰道兄,请去给我找把铁锹来吧。

约翰神甫　道兄,我这就去给你拿来。(下。)

洛伦斯神甫　现在我得一个人去墓地了。三小时内朱丽叶会醒过来。她会怪我没通知罗密欧这些事。我只好再写信去曼多亚,同时告诉朱丽叶在我修道室等罗密欧。不能让活死人活活关在死人的坟墓里!(下。)

第 五 幕

第三场

卡普勒家墓园

（巴里斯及侍仆上。）

巴里斯　拿火把给我，站远一点。还是吹熄了吧，我不要人看见。到紫杉树下去！你要躺在地上，墓园的土地挖坟挖松了，有人来你就听得见，立刻吹口哨告诉我有人来了。把花给我！记住我说的话，去吧。

侍　仆　（旁白）这里是一片坟墓，一个人站着有点害怕，但是也只好勉强照办了。

巴里斯　（撒花洒水。）可爱的鲜花，我要用你来撒满美人的新床。啊，可惜你的天棚只是尘土和碎石，我只好每夜来用香水代替甘露，或者用呻吟来延续痛哭了。

（侍仆吹口哨声）

仆人的口哨告诉我有人来了。什么该死的家伙才会在深更半夜到这里来扰乱我对美人的祭礼呢？怎么？还拿了火把？让我隐蔽在深夜的黑暗中来看看。（退后。）

（罗密欧及巴沙扎带锄头、扳手上。）

罗密欧　把锄头和扳手给我。拿住这封信，明天一早送给老爷去。拿火把给我。听着，不管你看见什么，听见什么，如果你要命，就不要多管闲事，打扰我干的事情。我到坟墓里去看看我多情人的面孔，要从她的手指上取下一个宝贵的指环来，这对我很有用处。所以你快走吧，如果你敢大胆回来打听我做什么事，老天在上，我就要叫你粉身碎骨，撒在墓园的地上了。时间紧迫，我要做的事不太雅观，粗野得像饥饿的老虎或咆哮的海洋。你走吧。

巴沙扎　我这就走，少爷，不会打扰你的。

罗密欧　这样才够交情。（给钱。）拿着这些钱去过你的好日子。再见了,好小子。

巴沙扎 (旁白)随他怎么说,我还是得耽在附近。他的样子吓人,他打算干什么呢?

罗密欧 (开始打开墓室。)你生吞活剥的咽喉,死神藏金埋玉的宝地,你吞噬了人间最美的肉体,张开你的血盆大口,再吞下一个凡夫俗子的美味吧!

巴里斯 这就是那个流放在外、目中无人的蒙太古家人。他杀死了我美人的表哥,据说我的美人就是因为悲伤过度才去世的,现在,他又来对死者干什么见不得人的可耻勾当了,我岂能容许他为所欲为?——住手!停下你那亵渎神灵的罪行,可恶的蒙太古家人,难道你的仇恨要延续到坟墓中人的身上吗?该死的恶人,我要你乖乖听话,跟着我走,要不然,我就要你死在我的剑下。

罗密欧 我的确要寻死,所以才到这里来。好一个年轻的小伙子,不要惹是生非,找到一个不顾死活的人头上来。你快走吧,让我自在一点;想到那些死去的人都会吓你一跳。我求求你，小伙子，不要惹我生气，逼我发疯，在我头上又加上一个罪名；啊，去吧，老天在上，我对你比对我自己还要好一些呢，因为我来这里，心中已经决定不走回头路了。所以走吧，不要惹我，你活你的，将来也说得清：是一个疯子大发慈悲，才放了你一条生路的。

巴里斯　不用你假惺惺的，你是个流放犯，我要逮你归案。

罗密欧　你真不识好歹，还要惹是生非，那就来吧，好小子！

（二人斗剑。）

侍　仆　天呀，他们打起来了，我得去找巡夜的人来。（下。）

巴里斯　你杀死我了！要是你还通情达理，就打开墓门，把我和朱丽叶合葬吧！（死。）

罗密欧　的确，我会打开墓门的。让我先看看你这张脸。啊，莫丘肖的亲人，高贵的巴里斯伯爵！我的仆人是怎么说的？我们骑马来的时候，我的心灵七上八下，没有注意他说了些什么。只记得他仿佛说了巴里斯本来要和朱丽叶结婚;他是不是这样说的?或者是我做梦了?还是我发疯了?一听见他说到朱丽叶,我思想就跑马了?啊,让我握你的手,我们都是不幸的人!不过,我不会把你埋在失败者的墓地。墓地?啊,不幸遭殃的年轻人,不是拱顶的墓室,而是洒满阳光的拱顶天窗。因为朱丽叶在这里长眠而成了光辉灿烂的宴会厅堂。先行的死者,躺下吧,后来的死者会把你埋葬。人在死前往往能得到摆脱痛苦的欢乐,旁观者说这是暴风雨前的雷鸣电闪。啊,我多么爱这雷鸣电闪,我的多情人,我的爱妻!死亡夺走了你甜蜜的呼吸,但是夺不走你的魅力;你艳红的嘴唇和脸颊仍然是美丽的旗帜,没有被死神的白旗掩盖。——泰波,你还躺在血淋淋的尸衣里,你要我为你报仇雪恨吗?那只斩断了你的青春生命的胳臂,我要把它一刀两断,来为我赎罪,我的老表。——啊,亲爱的朱丽叶,是不是形单影只的死神爱上了你,这个瘦骨嶙峋的恶魔要把你占为情人？为了防卫，我要永远和你耽在这个黑暗的王国里。我要和蛆虫一起做你的侍卫，把这里当作永久的安息地，摆脱凶神恶煞给厌倦了世界的肉体强加上的枷锁。眼睛啊，看最后一眼吧；胳臂啊，拥抱最后一次吧；嘴唇啊，用最后一吻来封闭呼吸的门户吧！这就和无所不包的死亡订下了没完没了的合约。吃尽苦头的带路人，不知酸甜的向导，亡命海上的导航，把这条颠簸流离、疲敝不堪的破船冲向岩礁吧！为我的爱妻干杯！（饮毒。）啊，卖药人没说假话。我要在最后一吻中离开世界。（死。）

（洛伦斯神甫提灯笼及铁锹上。）

洛伦斯神甫　圣方济各保佑我走快点！我的两条腿在墓地里怎么老是跌跌撞撞的！站在那里的是谁呀？

巴沙扎　是一个认识你的熟人。

洛伦斯神甫　上天祝福你！告诉我，我的熟人，那是谁的火把在免费为没有眼睛的骷髅照明呀？如果我没看错，照亮的是卡普勒家的墓碑吧。

巴沙扎　是的，老神甫。火把是我家小主人的，你还喜欢他呢。

洛伦斯神甫　他是谁呀？

巴沙扎　罗密欧。

洛伦斯神甫　他来了多久？

巴沙扎　整整半个钟头。

洛伦斯神甫　同我到他那里去吧。

巴沙扎　那我可不敢。我的小主人不知道我留在这里没走，他说过要是我敢留下来看他干什么，他就要我的命。

洛伦斯神甫　那你就留在这里吧，我一个人去好了。我担心，啊，我担心要出事了。

巴沙扎　我在杉树下睡着了，梦见我家少爷和一个人打了起来，并且把他打死了。

洛伦斯神甫　罗密欧！谁的血又染红了墓室的石门？谁的剑又用血污染了这安静的墓地？啊，是罗密欧，脸色这样惨白！还有一个是谁？怎么？巴里斯也死了？而且鲜血淋漓？啊，可悲的时刻又出了这可悲的惨祸！瞧，小姐醒了。

朱丽叶　啊，为上天做好事的神甫，我亲爱的夫君呢？我清清楚楚记得我该在什么地方，我的确在这里了。但是我的罗密欧呢？

洛伦斯神甫　我听见有人来了。小姐，快离开这死神的卧室吧。我们不能违抗天意，天意是人力无法阻挠的。快，快离开这里，你的丈夫已经死在你怀里，巴里斯也死了。来吧，啊，我只好把你安排到修道院去做修女了。不要多问，巡夜的人就要来了，走吧，好朱丽叶，我不能再待在这里了。（下。）

朱丽叶　去吧，离开这里吧，我是不走的了。这是什么？一个杯子倒在我多情人的手里，我看这是永远结束了他生命的毒药。啊，你怎么这样吝啬，把灵丹妙药都喝光了，怎么不给我留下一点呢。我要吻你的嘴唇，也许嘴上还留下了余香剩毒，可以使我追随你于地下。你的嘴唇还有余温呢。

（侍仆领巡长及巡夜人上。）

巡　长　小伙子，你带路吧，往哪里走？

朱丽叶　有人来了。那我还得快点。啊,我的宝刀,你已经出了鞘,生了锈,那就送我去会我的多情人吧!

（自尽。）

侍　仆　就是这里,火把还亮着呢。

巡　长　地上还有血,去查查墓地,你们去几个人,找到的人都带来。

（几个巡夜人下。）

看起来真惨!小伯爵也死了,朱丽叶还在流血,像是刚死的身子还有暖气,但她两天前就下葬了。快去报告王爷,要去卡普勒家,也把蒙太古家的人叫来,其他的人都去巡查。

（众巡夜人下。）

我们只看到现场的惨状,但是看不出前因后果来,还是再查查吧。

（罗密欧的仆人巴沙扎随一巡夜人上。）

巡夜人　这是罗密欧的仆人,我们在墓地找到他的。

巡　长　看住他,等王爷来再处理。

（洛伦斯神甫随另一巡夜人上。）

巡夜人　这个修道士在发抖，唉声叹气，还流眼泪呢。他也是从墓地来的，我们拿下了他的锄头和铁锹。

巡　长　修道士很可疑，要好好看住他。

（王爷及随从上。）

王　爷　这么早出了什么事？让我清晨不得安息。

（卡普勒夫妇上。）

卡普勒　外面这样大嚷大叫，出了什么事呀？

卡普勒夫人　啊，街上有人喊"罗密欧！"，有人叫"朱丽叶！"，有人呼喊"巴里斯！"，大家都又呼又喊，跑向我们家的墓地。

王　爷　你们还听到了什么震惊耳目的消息？

巡　长　王爷，巴里斯小伯爵被杀害了，罗密欧也死了，早死的朱丽叶却还有体温，像是刚死不久的。

王　爷　搜查，寻找，搞清楚这几起命案！

巡　长　这里找到了一个修道士和罗密欧的仆人，带着锄头和铁锹，像是要挖坟墓。

卡普勒　啊，天呀！啊，太太，瞧，我们的女儿在流血！这把匕首刺错了地方，——它的空鞘子

158

还在蒙太古家人的背上——怎么却刺进了我们女儿的胸膛!

卡普勒夫人　啊,要我的命了,他们的死就是对老人敲响的警钟。我们也要随他们去了。

（蒙太古上。）

蒙太古　唉,主公,我妻子昨夜死了;儿子的流放使她停止了呼吸。到了我这把年纪,还怕什么苦难灾祸?

王　爷　那你看看就知道了。

蒙太古　啊,哪有这样狠心的儿子?你这还是一个儿子吗?这么急急忙忙在父亲之前就离开了世界?

王　爷　暂时停止你们悲痛的哭声,等我们弄清楚这事情的前因后果、来龙去脉,然后再来处理,判断是非,是否罪有应得吧。现在要克制自己,让忍耐战胜苦难。把有嫌疑的人带上来!

洛伦斯神甫　时间和地点都对我不利,仿佛我是嫌疑最大的人,其实,我是无能为力的。我既要在这里责备自己,也要为自己洗清罪名。

王　爷　那就快把你所知道的事情说出来吧。

洛伦斯神甫　我会尽量说得简单，因为我剩下的日子不多，也不容许我太啰唆。罗密欧死了，他是朱丽叶的丈夫，朱丽叶也死了，她是罗密欧忠实的妻子；是我为他们举行秘密婚礼的，他们结婚的那一天，就是泰波不幸的末日，泰波过早的死亡是新郎流放出境的原因，而使朱丽叶悲痛的，不是泰波的死亡，而是她丈夫的流放。

（对卡普勒）你为了解除她悲痛的心情，把她许配给巴里斯小伯爵，并且强迫她举行婚礼，于是她就来找我，她神色慌张地来求我想方设法，避免这一场重婚的罪过，如果做不到，她就要在我的修道院里结束自己的生命，于是我就——根据我所知道的医术——给了她一瓶安眠药水，药水果然如人所愿地见效，使她看起来已经长眠了。同时，我写信给罗密欧，要他在这个凄惨的夜晚到墓地来，把她从临时借住的墓室中带走。我要罗密欧来，正是安眠药水停止生效的时刻。不料，给我带信的约翰神甫被意外的事故耽误了，昨天夜里把信退还给我。于是我只好在估计她要醒来的时刻，一个人来把她从墓室中带出来，打算秘密地把她收留在修道院内，等我通知罗密欧来。但是我一到墓地——那是她苏醒过来之前的几分钟——不幸却发现高贵的巴里斯和忠诚的罗密欧都躺在地上，已经死了。朱丽叶也醒了过来，我劝她要忍受这不可违抗的天意，离开墓室，那时外面人声喧哗，我怕在墓室内引起误会，就走了出来，她却宁死也不肯跟我走。现在看来，就是那时她对自己使用了暴力。这就是我所知道的一切，至于她结婚的事，她的奶妈也是知道的。如果这场不幸的灾祸是我的过错造成的，那我甘愿受到严格法律的制裁，即使提前结束这条老命，我也在所不惜了。

王　爷　我们都知道你是个奉公守法的神职人员。罗密欧的仆人呢？我们要听听他怎样说的。

巴沙扎　我把朱丽叶的死讯告诉了我家的小主人，他就立刻从曼多亚赶到这个地方，赶到这个墓园来了。他要我把这一封信交给他父亲大人，并且严厉地对我说：要是我不离开，胆敢走进墓室，他就要我的命。

王　爷　把信给我看看。小伯爵的侍仆呢？是他叫巡夜队来的吧？说，你主人为什么到这里来？

侍　仆　他来是给他的新娘坟上献花的，并且要我离他远些。我自然不敢不听。后来一个拿火把的人来打开墓门，我主人立刻拔出剑来，我就赶快报警了。

王　爷　罗密欧这封信证明神甫说的都是实话，说到这对情人如何爱恋，罗密欧如何知道朱丽叶的死讯，还提到他在一个卖药人那里买了毒药，带到坟地来要和朱丽叶同归于尽。——这两个仇家对头呢？瞧！这就是你们两家仇恨的报应，上天使你们失去了一对情长的儿女，而我也因为没有妥善处理你们两家的仇恨而失去了两个亲人。这就是我们受到的惩罚。

卡普勒　啊，蒙太古老兄，让我们握手言和吧，这就

|||是我要你给我女儿的聘礼,我没有更高的要求了。

蒙太古 不过,我可要给你更多的礼物,我要为你女儿立一座纯金的塑像,使维罗纳因为有了她而闻名于世,使朱丽叶忠贞的形象传之千秋。

卡普勒 那我也要把罗密欧的金像和他妻子的并列坟上,

  因为是他们的牺牲

  终结了我们的仇恨。

王　爷 忧郁的和解使清晨腼腆,

太阳为了难过不肯露面。

回去后再思考这些惨事,

能否原谅或者如何处置。

哪有一个故事如此凄惨,

比得上他们所受的苦难!

(众下。)